KB169541

불 훔치는 새벽

불 훔치는 새벽

정기임 수필집

수필미학사

■ 책을 내면서

엄마, 배가 아파

"엄마 배 아파"

밥을 많이 먹은 후나, 점심시간이 늦어 꼬르륵 소리가 날 때.

또 이불을 덮지 않고 잠을 자는 바람에 배가 차갑거나 설사로 정말 아플 때. 나는 꼭 엄마를 먼저 불렀고 엄마는 늘 "우리 애기 어쩌냐"며 어린양을 받아줬다.

산골 작은 마을에는 약국도 없었다. 엄마는 의사도 아니고 약사도 아니었다. 허름한 월남치마를 입고 발뒤꿈치는 쩍쩍 갈라지는 초라한 촌부였던 엄마가 실질적으로 내게 해 줄 수 있는 건 아무것도 없었다. 하지만 난 늘 칭얼거렸고 엄마의 대답도 늘 한가지였지만,

우리 애기 어쩌냐는 말 한마디에 어린 내 마음은 가득 차올랐고 배 아픈 게 씻은 듯이 낫곤 했다.

파도치지 않는 날이 하루도 없는 것 같은 삶을 살면서 "엄마 배 아파"라고 응석을 부려 놓을 수 있었던 나의 안식처는 글쓰기였다.

밥 한 그릇을 더해 주기는커녕 괜한 넋두리를 하느라 밤잠을 설쳐 피곤했지만 '엄마' 같은 글쓰기는 내 허전한 마음을 달래주는데 모자람이 없었다. 다행이었다.

아마도 나의 글쓰기는 살아갈 날의 위로가 되고 등불이 되고, 마음 기댈 수 있는 편한 언덕이 되어 나를 지켜 줄 것 같다.

좋은 예감이다.♡

2014년 2월

정 기 임

■ 차례

2부 _ 내가 가장 예뻤을 때

3부 _ 세월

4부 _ 덜컹거려도 함께

5부 _ 꿈꾸는 아이들

1 부

그리운 언덕

사랑꽃

연일 폭염이 계속되던 칠월 말이었다. 오전 열한 시인데도 기온은 34℃를 넘었다. 남해의 뜨겁고 습한 공기를 들이쉬며 연화도에 들어섰다. 바람 한 점 없었다. 시멘트 포장도로에 내리쬐는 뙤약볕에 숨이 턱턱 막혀왔다. 두 살 조카를 포함한 열다섯 명의 가족은 제각기 그늘을 찾아 나섰다. 남해의 작은 섬, 연화도 선착장 주변의 집들은 지붕이 낮아 그늘도 쥐꼬리만큼 작고 짧았다. 뙤약볕을 조금이라도 피해 보고자 허둥대며 터미널로 달려들었다.

장남인 오빠만 아버지와 함께 뒤처져 걸어왔다. 여든다섯의 아버지는 허리가 굽어 지팡이를 짚고 다니신다. 일박이일의 가족 휴가였지만 상주에서 통영까지는 먼 거리다. 폭염 속 장거리 여행이 아버지에겐 힘들 것 같아 모시지 않기로 했다.

형제들만 가면 혼자 사시는 마음이 서운할까 봐 말이라도 던져보자 싶었다. 슬며시 건넨 말에 선뜻 동행하시겠다고 나서는 바람에 새벽 댓바람부터 모시고 왔지만 역시 무리인 듯 보였다. 벽화를 보기 위해 동피랑 마을을 오르는 일이며, 미륵산 케이블을 타러 올라가는 긴 계단, 대표 음식인 멍게 비빔밥집을 찾아 걷는 길은 쉽지 않았다.

'동양의 나폴리'라는 통영에서 일박을 하고, 다음날 새벽잠을 설쳐 도착한 연화도이다. 뱃길로 한 시간 남짓 걸렸다. 파도가 없어 멀미는 하지 않았지만, 아버지에겐 배의 흔들림도 불편했으리라. 선착장 마을은 허름한 어촌이었다. 정오의 작고 빈약한 그늘은 먼 길을 달려온 사람을 더욱 지치게 했다. 설레던 기대감도 굵은 땀방울로 증발해 버렸다. 일행은 연신 손부채질을 하기에 바빴다.

썰물이 예정된 매물도 물길을 보려다가 승선권이 매진되는 바람에 갑자기 바뀐 일정이다. 일정을 바꾼 뒤라 여행에 대한 기대도 떨어졌고, 무엇보다도 작열하는 태양이 발걸음을 쳐지게 하는 데 큰 몫을 했다. 안내도를 살펴봐도 둘러봐야 할 곳이 마땅치 않았다. 볼 만한 관광지는 여기저기 떨어져 있었다. 연화도에는 택시도 버스도 없었다. 승용차를 가지고 들어왔어야 했는데, 사전 정보를 몰라 통영에 승용차를 두고 사람만 왔으니 걸어야 했다.

열다섯 명이 갈 수 있는 곳은 이십여 분 거리의 연화사뿐이었다. 사찰을 둘러보기로 의견을 모았지만, 뜨거운 햇살에 하얗게 질린 시멘트 길로 나서려는 사람이 없었다. 모두 여객선 터미널 그늘에 눌러붙어 뭉기적거리니 "절에 갈 작정이냐." 아버지가 물었다. 그럴 거라고 하니 지팡이를 찾아 일어났다. 정오의 태양이 정수리에 내리꽂혀, 그림자도 없는 뙤약볕 길을 아버지는 혼자 는적는적 걷기 시작했다.

"배 타고 놀러 나오니 장인어른이 제일 좋아하시네." 아이스크림을 입에 문 막내 사위가 장난스럽게 내뱉고 일행은 와 웃었다. 한참 게으름을 부리다가 아버지를 따라 나섰다. 연화사로 가는 오르막길의 뾰족 바위들은 뜨거운 열기를 내뿜었다. 흐르는 땀이 곧장 증발하여 소금이 될 것 같았다. 일찌감치 길을 나선 아버지가 보이지 않았다. 늙고 약한 몸으로 발을 헛짚기라도 했을까 걱정이 되었다. 오빠는 빠른 걸음으로 좇아갔다. 멀리 연화사가 보이고 아버지는 사찰 입구 나무그늘에 앉아 있었다.

자식들이 올라오는 걸 본 아버지는 몸을 일으켜 경내로 들어갔다. 계단을 중앙에 두고 양쪽으로 건물이 늘어선 사찰이다. 아버지는 부축하는 이도, 안내하는 이도 없이 홀로 지팡이를 짚고 계단을 오르내렸다. 종각루와 구층 석탑, 대웅전을 둘러보시곤 문 쪽으로 내려갔다.

아버지가 내려올 때 우리는 사찰에 발을 들여놓았다. 분지 지형의 경내境內는 한증막 같았다. 무성의하게 훑어보고는 가장 높은 지대에 만들어 놓은 파고라 아래에 앉았다. 그늘이 짙었다. 바로 옆을 흐르는 계곡에서 바람이 불어 더위를 식혀 주었고, 시원한 물이 나오는 수도꼭지도 있었다. 그나마 더운 기운이 가시는 듯해 어린 조카들과 즐거운 한 때를 보냈다. 우리는 사찰의 가장 높은 지대인 파고라 그늘에 있었고, 아버지는 가장 낮은 지대인 종각루 옆 평상에 있었다.

산바람으로 더위를 식힌 우리는 종각루로 내려왔다. 오빠가 마련해 온 막걸리를 마시던 아버지가 또, 슬그머니 자리에서 일어났다. 자식들과 함께 있는 것이 불편하신가. 짐작할 수 없었지만 물어보기도 난감했다. 아버지는 혼자 저만치 걸어나가고, 돌이 안 된 조카를 둘러싸고 앉은 우리는 웃음꽃을 피웠다. 뒤에서 몇 마디 거들던 오빠가 아버지가 보이지 않는다며 자리를 떴다. 종각루 뒤를 돌아보고, 주변도 살펴본 오빠가 걱정했다. 반대 방향으로 길을 잡기야 하겠냐면서도 그래도 모르니 살펴보라고 이르고 오빠는 왔던 길을 되짚어 달려 내려갔다. 우리도 걱정되어 일어섰다.

선착장 터미널까지 내려오니 아버지가 그곳에 앉아 있었

다. 육지로 돌아가는 여객선에 오르며 나는, 낯선 곳에서 왜 혼자 다녀 걱정을 시키느냐고 다그쳤다. 들은 척도 않고 아버지는 이층 여객실로 옮겨갔다. 지팡이를 짚고 갑판 위를 겨우 걸으면서도 오직 앞서 가는 것만이 목적인 것 같았다. 아버지를 따라 들어선 여객실 귀퉁이에서 나는 깜빡 잠이 들었다.

아버지가 어깨를 흔들어 깨워 일어나니 육지가 코앞이다. 아버지는 지팡이를 찾아 또 먼저 나갔다. 흔들리는 갑판 위를 필사적으로 앞서 걸었다. 기어코 일층으로 내려가는 계단 가장 앞까지 갔다. 주위의 사람들이 자리를 내주었다. 나는 짜증스럽게 아버지 팔을 부축하며 사람들 통행에 방해 되니 좀 천천히 가자고 했다. 다른 사람들은 한 발에 한 계단이지만 아버지는 한 발을 내딛고 나머지 발을 더디게 끌어내려야 한 계단이다. "늙은 내가 뒤처지면 너들한테 짐 돼." 지팡이를 짚고, 다른 한 손으론 난간을 붙들고 내려가면서 한마디 했다. 나는 그만 가슴이 먹먹해져 아버지의 굽은 등을 하염없이 바라봤다.

'바다에 핀 연꽃'이라는 연화도에서 인생이란 망망대해에 소리없이 핀 사랑꽃을 만났다. 힘든 인생길을 지켜주고 위로해주는 '사랑꽃'을 품고 돌아오는 길이 행복했다.

〈2012. 8.〉

나물이 고기보다 낫다

주는 것이 아름답다고 하지만, 사랑을 받는 건 따뜻한 행복이다. 세월 따라 변하거나 토라짐 없는 한결같은 사랑을 만났을 때 우리는, 감동으로 가슴이 젖기도 한다.

지난 주말이었다. 아버지를 뵈러 가야 하기에 새벽부터 서둘렀다. 후다닥 청소기를 돌리고 아침상을 차렸다. 딸아이가 좋아하는 콩나물 된장국을 끓이고, 아들 입맛에 맞추려 조기도 구웠다. 일요일인데 일찍 깨운다는 아이들의 불평을 뒤로하고 평소와 같은 시간에 식탁에 앉혔다.

"반찬이 이게 다야? 된장국에 넣은 콩나물 먹기 싫어."

"조기 맛이 왜 이래?"

늘어지게 자고 싶은 건 나도 마찬가지다. 한 끼 굶긴다고 무슨 일이야 있겠느냐마는, 따뜻한 밥 해주려고 새벽잠을 설쳐 준비한 식탁인데, 씁쓸했다. 서운함을 다독이며 시골로 갔다.

친정집에 도착하니 아버지가 점심을 드시고 있었다. 새파란 무 잎에 된장으로 쓱쓱 비벼놓은 밥을 보니 군침이 돌았다. 감꽃만한 소녀 때부터 나는 생나물 비빔밥을 좋아했다. 짐을 부리지도 않고 선 채로 몇 숟갈 퍼 먹었다. 꿀맛 같다고 호들갑을 떨며 부엌으로 나와 씽크대에 섰다. 혼자 사는 아버지의 일 주일분 국을 끓여야 하는데 혀끝에 남은 밥맛이 자꾸 나를 보챘다. 숟가락만 들고 다시 가보니 상床만 있고 아버지는 계시지 않았다.

식사를 끝내지 않고 일어서는 행동은 점잖지 못한 것이라 나무라곤 했었는데……. 이제는 아버지도 정신이 희미해지고 늙으셨구나. 잠시 눈앞이 흐렸다. 큰 소리로 아버지를 불러 보았지만 대답이 없었다. 어디 가셨나 궁금해 두리번거리는데 아버지가 급하게 마당에 들어서고 있었다. 구부정한 허리로 힘겹게 걸어오시는 손에 갓 뽑은 연한 무가 한 움큼이다. 텃밭을 다녀오신 모양이다.

"먹어봐라. 나물이 연해서 고기보다 낫다, 된장은 냉장고에 있고."

"나물이 컸으니까 중간을 뭉텅 잘라라, 나물도 체한다."

아무렇지도 않게 툭 내뱉은 말의 갈피마다 애달픈 마음이 묻어났다.

썩어도 준치라더니. 늙고 야윈 몸 어디에 지금까지 변하지 않은 사랑을 간직했더란 말인가. 언 땅에 꽃을 피우고 마른 가지에 열매 맺게 하는 뭉근한 바람, 그것이 아버지의 세월인가. 울컥, 코끝이 물들며 아침나절 아이들에 대한 섭섭함으로 서운했던 마음에 새살이 돋아났다. 내가 설익은 햇살이었다면 아버지는 가을 들녘을 영글게 하는 단단한 바람이었다. 그 바람의 숨결 속에 우리는 태어나서 자라고 또, 대대손손 맥脈을 이어가는 것이리라.

양푼에 무 잎을 넣어 비빈 밥을 실컷 먹고 돌아오는 밤길이 푸근했다.

〈2009. 11.〉

아버지의 눈물

아버지의 여든두 번째 생신이었다. 큰 오빠 내외가 동네 어르신들을 대접하겠다고 시골에서 상을 차렸다. 아버지는 소년같이 좋아했다. 다 큰 조카의 머리를 쓰다듬기도 하고, 이 사람 저 사람 불러 괜한 농을 걸며 술을 권했다. 온종일 흐뭇한 표정이었다. 겨울 햇살은 산 그림자를 급하게 불러들였다. 마당은 이내 어둠이 내렸다. 저마다의 보금자리로 돌아가야 할 시간이 된 것이다. 설거지와 청소, 뒷정리를 서두르는데 난데없는 울먹임이 부엌으로 흘러들었다. 아버지였다. "너들 고생은 고생도 아니다, 내 젊어 머슴 살 때를 생각하면 ……." 또 서러움이 도지는지 말끝이 흐려졌다.

아버지의 눈물을 처음 봤던 건 2007년 여름이었다. 마당 가장자리의 감나무 그늘 밑 볏짚 멍석에 아버지가 담배를 피우며 앉아 계셨다. 바쁘게 부엌일을 하느라 정신이 없는데, 홀연 숨죽인 울음소리가 들렸다. 놀라 다가서니 "지난 세월을 생각하니 억울하고 귀가 막혀 말이 나오지 않는다"며 붉어진 콧날을 흙 담장 쪽으로 돌리며 어깨를 가늘게 들썩거렸다.

아버지는 종가의 맏아들이다. 할아버지가 노름으로 가산을 탕진하는 바람에, 열대여섯 살 무렵에 집성촌集姓村을 떠나 타지로 왔었다. 논밭 대부분이 할아버지의 소유였던 산간 집성촌과는 달리, 낯선 동네 신접살이에서는 밥숟가락이 모자랄 정도였다. 경제적 수탈이 극심하던 일제강점기 막바지였다. 아버지는 쫓겨나듯 마을을 떠나왔기에, 가진 건 젊은 몸뚱이 하나뿐이었다.

아버지는 부잣집에서 머슴을 살았다. 하루 한 끼는 예사로 굶었고 새벽잠은 수시로 설쳤다. 놋그릇도 녹여버릴 듯한 여름 뙤약볕에서 밭일을 할 때면 삼베 홑적삼을 걸친 등허리가 벌겋게 익었다. 눈만 뜨면 남의 집 논밭에 엎드려 황소처럼 밭을 헤맸다. 쇠뭉치라고는 쟁기에 박힌 못 하나까지 뽑아 가던 시절이라 농기구가 부족했다. 오로지 몸 하나로 버텨내던 시절이었다. 천대받고 멸시받으면서도 오로지 집안을 다시 일으켜야 한다는 장손의 마음은 절박했다. 천성이 부지런하고 착실한 아버지는 주인의 신뢰를 빠르게 얻었다.

머슴살이가 이삼 년이 지나면서 모인 품삯은 한 두 마지기 땅을 살 정도가 되었다. 기쁨과 희망으로 들뜬 아버지는 더 많은 날을 남의 논밭에 엎드려 일했다. 품삯은 많아졌다. 할머니는 아버지의 품삯을 모아, 타성他姓 마을의 기름진 논과 밭을 사들였다. 할머니는 객지에 나가 있는 둘째, 셋째 삼촌 이름으로 땅을 등기했다. 아버지와는 한 마디 상의도 없었다. 몇 년이 지난 후에야 땅의 명의가 삼촌들이란 걸 아시곤 망연자실했다. 그때의 실망과 울분이 평생을 두고 수시로 흐르는 눈물이 된 모양이었다.

아버지는 아프지도 병들지도 말아야 할 천하무적이어야 했다. 보릿고개가 한창이던 봄날, 밭고랑을 갈던 아버지가 쓰러졌다. 무엇에 놀랐는지, 쟁기질하던 황소가 갑자기 날뛰는 바람에 잡고 있던 쟁기를 놓쳤다. 쟁기가 공중으로 튀어 오르면서 뒤따르던 아버지의 가슴을 쳤다. 숨이 멎듯 비명도 없이 쓰러졌다. 멍든 가슴을 움켜쥐고 며칠을 앓았다. 바쁜 농사철이라 일어나 일을 했지만, 그해 여름내 심한 통증을 호소했다.

가을 추수를 끝내자마자 대구의 파티마병원으로 갔다. 강한 충격으로 금이 갔던 갈비뼈는 저절로 아물었지만, 응어리진 피멍은 삭혀지지 않은 채 담錟이 되어 몸속을 돌아다닌다고 했다. 아버지는 보름 남짓 입원했다. 병원비가 일백만 원이 넘었다. 살림 밑천이던 황소 한 마리 값이었다. 요양이 더 필요하다는 의사들의 말을 따를 수 없어 퇴원했다. 퇴원하는 날 할머니는 아버지가 보기 싫다며 삼촌 댁으로 갔다. 술에 취한 할아버지는 사다리를 딛고 지붕으로 올라가 갓 얹어놓은 비싼 기왓장을 마당으로 집어 던졌다. 기왓장은 날카로운 소리로 깨지며 파편으로 흩어졌다. 세월이 지나면 저절로 나을 병인데, 쓸데없이 황소 한 마리를 병원에 가져다 바친 아버지는 미운 오리 새끼였다.

그럼에도 아버지는 든든한 언덕이었던 것 같다. 할아버지는 아무런 걱정 없이 이곳저곳에서 외상술을 마셨다. 할머니는 고춧가루 참깨 콩 같은 것들을 몰래 빼내어 삼촌 집으로 가져가곤 했다. 철없는 부모의 바람막이였던 자식이었다. 할아버지가 돌아가시자 아버지는 일 년 동안 빈소에 아침 저녁밥을 직접 올렸다. 아흔넷까지 자리에 누워있던 할머니가 돌아가시는 날까지 아버지는 손수 밥을 떠먹여 드렸다. 외롭고 힘들었을 삶을 원망도 하겠건만, 아버지는 모든 게 하늘의 이치라고 했다. 그러시던 아버지가 근래에 와서 울컥울컥 눈시울을 적신다.

집으로 돌아갈 준비를 서두르던 나는 아버지가 계시는 방으로 갔다. 어머니가 요양 병원에 가신 지 3년이 되어가건만 벽엔 입던 옷이 그대로 걸려있다. 눈물이 나려고 했지만 짐짓 태연한 척했다. 이부자리를 깔고 보일러를 높였다. 내가 떠나면 넓은 시골집은 곧 괴괴한 고요 속에 깊이 잠길 것이다. 등 굽은 늙은 아버지는 눈물 바람으로 어둠속에 홀로 서서, 떠나가는 딸의 뒷모습을 오랫동안 배웅했을지도 모른다.

〈2009. 3.〉

늙은 부부의 사랑

인기척이 났던가, 엄마가 흐린 눈을 뜨신다. 기력이 남은 왼손이 움직인다. 허리가 구부정한 아버지는 얼른 병상으로 다가서서 손을 맞잡고 야윈 볼을 비빈다.

"내가 누기래, 내가 누기래?"

"아이고, 아이구우……."

잦은 뇌출혈로 인한 신경 장애로 엄마의 팔다리는 바짝 오그라져 몸에 붙다시피 했다. 말도 못 하고 누워 있는 허깨비 같은 모습이 애타고 목이 메여, 아버지는 자꾸 말끝을 흐렸다.

엄마가 쓰러져 입원하고 두 달쯤 되었을 때다. 아들이 와도 손자, 며느리가 와도 모르는 척 눈을 감고 있더니 영감은 인기척만으로도 알아차리고 반가운 기색이란다. 병실을 함께 사용하던 환자와 간병인들은 부부의 정情이 저런 거라며 입을 모았다. 대꾸할 말이 없어 그저 웃고 침대 머리맡에 앉아 딸기를 먹여 드렸다. 한두 조각 먹고는 이내 손사래를 쳤다. 삼키는 게 힘들어 링거로 음식과 약을 투여하고 있던 참이었다. 야윈 볼과 까칠한 눈빛, 등에 붙도록 홀쭉해진 엄마의 배를 보고 아버지는 "하나만 더 먹어 봐, 먹어야 하루라도 더 살지." 하시며, 잘 익은 것들을 골라 입에 넣어 주었다. 마지막 하나까지 먹이고서야 애썼다며 엄마의 머리를 쓰다듬고 웃었다.

애처로운 눈길로 엄마를 바라보던 아버지가 문득 몸을 낮추어 기저귀를 갈았다. 똥을 싸고도 말을 하지 못하니 찝찝한 채로 그냥 있었던 모양이었다. 피고름이 섞인 백태가 묻어나는 치아를 물티슈로 오래도록 닦아내기도 했다. 침대 곁에 앉아 아버지는 모종할 고추 종자가 무엇이며, 손자가 졸업을 했다는 등 시시콜콜한 얘기를 한참 동안 했다. 병상에 누운 엄마는 눈만 감았다 떴다 했다.

꽃샘바람이 부는 삼월 해는 짧았다. 저녁 어스름이 내리고 돌아갈 준비를 서둘렀다. 개와 소가 기다리는 시골집으로 돌아가려는 아버지를 바라보던 엄마의 콧등이 붉게 물들었다. 울컥, 눈가도 젖었다. 다시 병상 쪽으로 돌아서 손을 맞잡는 아버지의 손끝도 가늘게 떨렸다. 몸 둘 바를 몰라 나는 지난 주말보다 좋아 보인다며 너스레를 떨었다. 괜한 위로임을 알았는지, 아버지는 병실 문을 나서며 "너들 엄마 죽는다. 오래 못 살아. 살아 있는 동안 자주 찾아봐라." 읊조리는 독백 같은 당부가 허전한 가슴을 칼날처럼 스쳤다. 늙은 아버지의 시선은 허공에 서럽고, 밤바람은 속절없이 불었다.

늙을수록 부부가 최고라는 말이 있다. 인생을 사랑하며 살다간 어떤 필부의 속내 깊은 그 말이, 어두운 가슴에 별이 되어 빛났다.

〈2007. 10.〉

불을 훔치는 새벽

이십삼 년의 세월이 흘렀다. 날씨가 추우면 번개탄으로 불을 지피지 않아도 따뜻해지는 집에서 살고 있다. 눈보라가 쳐도 추위를 막아 줄 코트도 여러 개 있다. 그런데도 하늘이 흐리고 바깥바람이 차가운 오늘 같은 밤엔 도둑고양이처럼 발소리를 죽이며 불을 훔치던 엄마 생각이 난다. 얼른 방문을 닫던 젊은 아주머니에 대한 섭섭함과 남학생에 대한 미안함도 한기寒氣처럼 온몸으로 퍼져 오곤 한다.

차가운 눈발이 흩날리던 1984년 2월이었다. 신천新川을 건너 정거장에 멈춰 선 시내버스에서 엄마와 난 이불과 옷 보따리, 김치통, 쌀자루 등을 차례로 내렸다. 날선 바람은 외투도 입지 못한 모녀를 사정없이 후려쳤다.

두어 달 전 고등학교 연합고사를 치러 왔을 때, 높은 빌딩과 복잡한 도로, 빼곡한 주택가의 좁은 골목은 삭막했었다. 이런 곳에 내가 살려고 온 것이다. 아는 사람 하나 없는 미지의 세계다. 쌀자루를 머리에 이고, 양손에 짐을 들고 앞서 가는 엄마를 바짝 따라갔다. 행여 길이나 잃을까 두려웠다. 자취 해야 할 집으로 들어섰다. 추위에 떨어 새파래진 우리를 보고도 주인 아주머니는 들어와 몸을 녹이란 말을 하지 않았다. 문밖으로 얼굴만 내밀고 고개를 까닥하고는 방문을 닫아 버렸다. 키가 크고 웃는 낯빛의 주인아저씨와는 달리 아주머니는 땅땅한 몸매에 눈이 작아 욕심이 많아 보였다.

자취집은 기역자 반지하 한옥이었는데, 위채에 곁달아 만든 작은 방엔 내가, 아래채 방엔 상업고등학교 3학년 남학생이 자취를 했다. 그날은 2월 말이었지만 몹시 추웠다. 맹추위 때문인지 겨우 아홉 시가 넘었는데 주위의 인기척이 사라졌다. 사위는 팽팽한 어둠뿐이었다. 일찍 전깃불을 끈 주인집 안방에서는 TV소리가 낮게 들려왔다. 초저녁에 연탄을 가는 것 같던 아래채에서 남학생의 코 고는 소리가 났다.

엄마는 찬물에 수건을 적셔 대충 방을 닦고, 연탄아궁이에 불을 지폈다. 겨울밤은 깊어갈수록 차가워졌고 방은 얼음장 같은 냉골이었다. 솜이불을 깔아 놓았지만 오랫동안 비워 놓았던 방은 데워질 기미가 보이지 않았다. 골목 쪽으로 난 미닫이 창문의 창호지를 비집고 강한 외풍이 들어왔다. 추위에 떠느라 잠을 이루지 못하는 나를 보다가 갑자기 엄마가 일어서더니 밖으로 나갔다. 연탄아궁이를 살피는 것 같았다. 잠시 후 아래채 남학생 방으로 발걸음을 옮기는 소리가 났다. 궁금해서 방문 틈 사이로 가만히 내다보았다. 엄마는 남학생 방 아궁이에서 연탄을 들어내더니, 낮에 들여놓은 축축한 연탄을 대신 밀어 넣었다. 그리고는 활활 타고 있는 연탄을 내 방 아궁이로 옮겨 왔다.

방으로 들어서는 엄마를 힐책하는 눈빛으로 쳐다봤다. 아무말 하지 말고 잠이나 자라고 윽박지르는 표정을 지으셨다. 제 자식만 생각하고 남의 자식은 냉방에 자든 말든 불을 훔쳐 온 엄마가 이기적이라는 생각이 들었다.

아궁이와 가까운 방 가장자리가 미지근해 오면서, 나는 까무룩 잠이 들었다. 연탄불이 꺼졌다며 투덜거리는 남학생의 소리를 들었을 땐 아침이었다. 잠을 자긴 했지만 냉기가 구석구석 스며든 것처럼 온몸이 떨렸다. 방바닥은 여전히 차가웠다. 엄마가 주인에게 연탄보일러가 터졌다며 볼멘 말씀을 하는 소리가 들렸다. 연탄보일러가 터진 걸 몰랐다는 아주머니와는 달리 아저씨는 미처 살피지 못해 죄송하다고 사과했다. 아래채 남학생의 불을 훔쳤지만, 난 타향에서의 첫 밤을 냉골에서 떨었다. 엄마와 나는 약속이나 한 듯 훔친 불에 대해서는 모른 척 입을 다물었다.

날씨가 추우니 빨리 수리를 해 달라 하고 돌아온 엄마는 김치와 무를 넣고 석유곤로에 얹어 국밥을 끓였다. 아랫방 학생도 많이 추울 거라며 김이 모락모락 피어오르는 국밥 한 그릇을 남학생에게 갖다 주었다. 한 끼 식사 준비가 귀찮았을 남학생이라서인지 고맙다며 크게 인사하는 소리가 들렸다. 나는 키가 크고 얼굴에 여드름투성이인 남학생이 불이 꺼진 게 엄마 탓이란 걸 영원히 모르길 바랐다.

엄마는 타지에 어린 딸을 혼자 남겨두고 고향으로 돌아가서 여러 날 밤잠을 이루지 못했다고 했다. 눈이 작고 통통하던 아주머니가 따뜻한 물 한잔을 나누어 주었다면 엄마 마음이 얼마나 편안했을까. 주인집의 따뜻한 방은 꿈도 꿀 수 없었겠지만 온기가 돌던 마루에라도 잠자리를 내어 주었다면 지금쯤 얼마나 감사하며 살고 있을까.

사흘 굶으면 남의 집 담을 넘지 않을 사람이 없다고 한다. 빵 한 조각을 훔치다가 십구 년을 옥살이한 장발장의 처지를 진심으로 헤아려 줬던 미리엘 신부는 세상을 살맛 나게 하는 분이다. 본능으로 넘어 버린 금선禁線에 대한 죄책감으로 어린 남학생에게 김치 국밥을 건네주던 엄마는 단지 운이 좋아 사회적 지탄에서 벗어났을지도 모를 일이다.

찬바람과 함께 연말연시가 다가오고 있다. 김이 모락모락 오르는 호빵 하나를 먹고 싶고, 연탄 한 장이라도 절대적일 장발장이 우리집 높은 담을 올려다보고 있는 건 아닐까. 간절한 눈빛이 절망하지 않도록 마음의 담을 낮춰야겠다. 이십삼 년 동안 내 가슴 속에서 숨어있는 엄마의 연탄을 나누어 가져야 할 때다. 우리 모두의 가슴속에 살아있는 미리엘 신부의 소중한 불씨가 되살아나 따뜻한 세상이 되었으면 좋겠다.

〈2007. 12.〉

부끄러운 고백

바람이 일었다. 서걱거리는 댓잎 소리가 불안했다. 어디쯤인지 알 수 없는 숲 가운데서 엄마를 찾았다. 아무도 없는 산기슭, 바람에 스러지는 노을빛이 스산했다. 텅 빈 황망함으로 질정없이 걷는데 저만치 앞서 숲길 오르막을 올라가는 사내가 보였다. 바바리 코트자락이 펄럭일 때 마다 풀어놓은 허리벨트가 제멋대로 춤을 췄다. 인기척을 알아채고 뒤돌아보는 사내의 눈빛에 쓸쓸함이 가득했다. 깊고 허망한 눈빛으로 한참을 바라보더니 따라오라는 손짓을 했다.

사내를 좇아 걸었다. 왠지는 몰랐다. 엄마가 계신 곳을 알려 줄 것 같은 막연한 끌림이었다. 오르막 왼쪽으로는 대나무숲이 넓게 펼쳐졌고 오른쪽은 경사 급한 계곡이었다. 오르막을 오르자 길은 다시 능선을 타고 아래로 이어졌다. 길이 끝나는 즈음 대나무 숲 빈터에 엄마가 멀뚱히 서 있었다. 뇌졸중으로 쓰러지기 이틀 전처럼 눈동자가 불안하고 넋이 빠졌다. 나를 보자 곧장 잡아채는 손길은 급했지만 힘이 없어 당기진 못했다. 잦은 뇌출혈 탓인가. 울먹이며 부르는 딸 이름조차 어눌했다. 그렁그렁 고인 눈물은 울음이 되지 못했고, 웅얼대는 그리움은 소리〔言〕가 되지 않았다. 흔들리는 엄마의 눈 속으로 노을은 하염없이 내려앉고, 자꾸만 쓰다듬는 희미한 손길은 하릴없이 바람에 흩어졌다.

엄마는 허름한 셔츠에 월남치마를 입었다. 양말도 신도 없었다. 정신도 성하지 못한 노인네가 왜 혼자 이런 곳엘 왔냐며, 나는 버럭 화를 냈다. 맨발의 엄마를 힐책하며 신발을 신기는데 발이 너무 작고 야위었다. 신을 신으신 엄마는 슬픈 미소를 짓고 대나무 숲을 향해 돌아섰다. 길도 없이 웃자란 대숲, 쌓인 댓잎 사이로 먼지가 일었다. 먼지 속으로 망연히 걸어가는 엄마를 애타게 불렀지만 뒤도 돌아보지 않았다. 문득, 어디선가 세찬 회오리바람이 불어 엄마를 허공으로 붕 띄워 올렸다. 줄 끊어진 가오리연처럼 엄마는 점점 높이 날아올라 조그맣게 멀어졌다. 한 걸음도 따라 날을 수 없어 동동거리다 눈을 뜨니 꿈이었다. 돌아가시고 한 달이 되어갈 무렵, 엄마는 그렇게 나를 찾아왔다.

어제가 첫 기일이었다. 상주군 사벌면 벽촌에 외따로 떨어진 요양 병원에서 엄마는 혼자 돌아가셨다. 뇌출혈로 쓰러져 집을 떠난 지 4년 6개월만이었다. 나는 무려 다섯 달 남짓 들르지 않다가 부음을 전해 들었다. 그때서야 외로웠을 엄마를 생각하니 눈물이 났다. 자식이 여섯 명이고 손자가 열둘이건만 생의 마지막 순간에는 아무도 없는 낯선 침대에서 홀로 임종하셨다. 어쩌면 병원 콘크리트의 무정함에 질식했을 지도 모를 일이다. 침대에 버려진 나무토막처럼 사지四肢를 오그린 채 긴 세월을 홀로 견뎠으니, 그 쓸쓸함과 막막함은 천형 같았을 테고, 결국 무너졌을 것이다.

지난해 사월, 그러니까 돌아가시기 백일 전쯤이었다. 나를 부르는 간절한 소리에 잠을 깨어보니 새벽 댓바람부터 엄마가 찾아와 계셨다. 병원에만 있자니 갑갑해 죽겠다, 집에 가고 싶다며 울먹이셨다. 길눈이 몹시 어두워 혼자는 아무데도 못 다니는데 용케도 팔공산 언저리에 사는 막내딸을 찾아온 것이다. 사위가 사는 집이라 얼른 들어오지도 못하고 현관 외벽에 기대선 채 게워내던 속울음이 마치 대숲에 이는 바람 같았다.

퇴원을 하자는 대답을 선뜻 하지 못했다. 고약하게도 그때 나는, 생이 다해가는 엄마의 애절함을 목전에 두고도 현실적 불편을 줄줄이 떠올렸다. 또 아이들과 직장, 술을 좋아하는 남편으로 인한 내 몫의 삶도 힘들고 버거운데, 왜 하필이면 나를 찾아 오셨는지 원망스러웠다. 언니 오빠가 네 명이고 직장을 다니지 않는 올케 언니도 두 명이나 있는데 왜 내게 그러시는지 섭섭했다.

엄마는 팔 다리가 오그라든 지가 사 년을 넘어 등과 엉덩이 팔과 발뒤꿈치, 양 귓바퀴까지 욕창으로 짓이겨졌다. 움직일 수 없으니 침대와 닿는 신체 모든 부분에 피가 맺히고 고름이 고였다. 치아도 없었다. 썩은 치근齒根만 듬성듬성 남아 콧속으로 호스를 넣어 미음으로 겨우 연명을 하시니, 하루살이가 급한 자식들 중 누가 엄마를 돌보려 나서겠는가. 내가 직장에 휴가를 내서 시골로 내려가지 않으면 그 일을 할 사람이 없었다.

넉넉지 못한 집안 형편 탓에, 다른 집 딸들처럼 결혼 생활이 힘들다고 어리광을 부려 보지도 못했었다. 위로받지 못한 시집살이의 서러움이 저승 문턱에 선 엄마 앞에서 울컥 눈물로 쏟아졌다. 오랜 병고에 시달리던 엄마의 간절함과, 일상에 무게를 더하지 않으려는 나의 이기利己가 팽팽하게 맞섰다. '쨍' 소리를 내며 끊어질 것 같은 격정의 외줄 위에서 이러지도 저러지도 못하고 나는 그저 울기만 했다. 목놓아 울다가 눈을 뜨니 꿈이었다.

'곧 돌아가시려는가!' 서늘한 바람 한 줄기가 가슴을 스쳤다. 맑은 정신으로 다시 생각을 해 봐도 엄마를 모시는 건 여간 불편한 일이 아니었다. 무슨 연유에선가 쓰러지던 날부터 혀가 굳어지기 시작한 엄마는 말씀 한 마디 못하고 누워 계셨다. 긴 세월의 쓸쓸함과 외로움이 가슴에 멍을 만들고 이제 시커먼 블랙홀이 되었으리라. 하지만 예상되는 불편이 벌떼처럼 달려들어 엄마의 외로움과 쓸쓸함을 내치고 말았으니, 참으로 고약한 딸이다.

얼마나 집이 그리웠으면 어둠을 헤치고 먼 길을 달려 왔겠는가. 짐작은 하면서도 엄마의 부탁을 모른 척 가슴에 묻고 돈벌이를 다녔다. 꼬박꼬박 직장을 나가고 아이들 생활이 불편하지 않도록 꼼꼼한 뒷바라지를 했다. 일상은 흐트러지지 않았고 생활은 평온했다. 꼭 한번 집으로 모셔야지, 생각만 하다가 덜컥 부음이 날아 든 것이다.

울며 장례식장으로 달려갔다. 주검은 냉동고에 있었다. 깨끗한 환자복이 욕창을 가리고 있었다. 팔 다리가 펴진 걸 보니 누군가 강제로 잡아당겨 폈나 보다. 뼈가 우두둑 부러졌을 터이니 다시는 딸년 집에 오지도 못하겠구나. 쓸쓸한 심사만 더해주는 딸년한테 오면 또 무엇하랴.

장의사는 천천히 환자복을 벗기고 등을 닦아냈다. 소독 솜이 붉게 젖어 나오고, 드러나는 등뼈가 허옇게 아팠다. 아아,

살아있음이 고통이었으리라. 엄마의 발을 만져보고 손을 만져보고 뺨을 거쳐 두 눈을 쓰다듬으니 축축한 눈물이 묻어났다. 곧 떠날 줄 알고 밤을 새워 찾아가 애원했거늘, 왜 들어주지 않았느냐는 원망 같았다. 엄마, 엄마. 왈칵 쏟아지는 죄스러움에 코맹맹이 소리를 냈다. 그렇게 부르면 모든 잘못이 용서되던 시절이 있었다. 그때처럼 불러 보았지만 수의를 입은 엄마는 기척도 없고, 노잣돈을 내라는 젊은 장의사의 독촉 소리만 들렸다. 엄마는 입관되었다.

엄마는 영정 속에 갇혀 시골집에 갔다. 살아생전 와보고 싶었던 곳이다. 오십년을 넘게 주무셨던 흙벽돌 방이며, 세월에 절여진 부엌 냄새, 반질반질 닳아빠진 문지방이 그리웠을 엄마……. 단 하루만 집에 들러보고 싶다는 마지막 부탁마저 외면한 딸년이 얼마나 섭섭했을까, 또 얼마나 쓸쓸했을까. 후회가 가슴을 쳤다.

엄마가 찾아왔던 새벽이 생각나 울었다. 평생 살아오신 낯익은 방에서 자식과 친지들의 배웅을 받고 싶었을 엄마. 다급함에 찾아 갔던 딸년마저 미욱하기 그지없어 그 작은 복마저 누리지 못하셨다. 엄마가 떠나시는 날 새벽에 뜻밖의 많은 비가 내렸다. 큰 비가 하늘을 씻고 도라지꽃이 하얗게 피어난 푸른 산길을 따라 엄마는, 아주 가셨다.

〈2011. 8.〉

귀인貴人

차가운 일요일 오후였다. 해는 아직 중천인데 영하의 기온 탓에 살을 에는 냉기가 사방에 가득했다. 종종걸음을 치며 마당에 들어서던 나는 섬뜩한 소리와 맞닥뜨렸다. 처마 밑에서 울부짖는 앙칼진 고양이 울음에 걷잡을 수 없는 두려움이 몰려 왔다. 여든다섯의 아버지가 홀로 사시는 산골 벽촌이 아닌가.

불안한 마음으로 방문을 열어젖혔다. 귀도 어둡고 눈도 흐린 아버지가 늪 속인 듯 아득히 누워계셨다. 푹 꺼진 눈을 보니 며칠 앓으셨나 보다. 후유, 내려앉은 가슴을 쓸며 밥상을 차렸다. 약을 드린 후 국물을 우려냈던 멸치를 가지고 고양이에게 갔지만 싸늘한 경계의 눈빛이 매섭다. "나비야 나비야" 불러도 들은 척도 않고 노려보았다.

나비는 도둑 고양이었다. 하얀 털에 까만 점이 있는 나비가 친정집에 온 건 사 년 전이다. 어머니가 뇌출혈로 쓰러지자 집에서 기르던 가축들이 하나씩 줄어들었다. 하루 세끼 여물을 시작으로 많은 일손이 필요하던 소 여섯 마리가 가장 먼저 팔렸다. 닭들도 조금씩 야위고 숫자도 줄더니 이듬해 봄에는 병아리를 까지 못하고 빈 닭장이 되었다. 늘 키우던 강아지도 더는 기르지 않았고, 감나무 가지 끝 까치 소리도 사라져 갔다. 콩이나 메밀을 널어놓아도 참새 한 마리 날아들지 않던 가을 끝자락에 슬며시 기어들어온 나비다. 영물이라 일컫는 동물이라 왠지 싫었지만, 보름에 한 번씩 들르는 처지라 쫓을 기회가 없었다.

그해 겨울, 다시 친정집에 갔을 때 고양이는 이미 가족이 되어 있었다. 아버지가 부르면 쏜살같이 달려와 음식을 받아먹었다. 아부와 눈치가 교묘하게 섞인 야옹거림은 닭살이 돋을 만큼 간드러졌다. 아버지는 생일이나 명절이 되어야 들여다보는 자식들이나, 저희끼리만 낄낄거리는 손자들보다 고양이를 더 좋아했다. 귀엽고 정겨운 듯 무릎에 앉혀놓고 쓰다듬었다. 뒤뜰 그림자 같던 분이 소리 내어 웃기도 했다. 보기 좋았다.

아버지를 위해서 나는, 고양이와 좋은 관계를 만들기로 했다. 멸치 대가리와 먹다 남은 돼지고기를 담아두면 나비는 소리 없이 다가와 슬쩍했다. 눈속임에 익숙한 생활이 천박한 혈통임을 되새기게 했다. 탐탁지 않았지만 모른 척했다. 그렇게 수개월이 지났다. 제 주인의 딸도 적군이 아님을 알았는지 내 차가 들어서면 멀리서도 야옹거리며 달려왔다. 다정하게 이름을 부르고 콧소리로 어르면서 먹이를 주었다.

나에 대한 경계심을 허물 때쯤 나비는 거처도 모르고 볼품도 없는 뜨내기 고양이와 도둑 결혼을 했다. 그러고도 아래채에 버젓이 누워 새끼 여섯을 낳은 걸 보면 아버지에게는 어떤 일도 용납 받는다는 확신이 있었나 보다. 털끝만한 미안함이나 머뭇거림 없이 수컷과 새끼들을 거닐고 친정집 구석구석을 제 왕국인양 휩쓸고 다녔다. 벼를 쌓아둔 광, 감자 고구마 등이 있는 작은 방, 심지어는 부엌까지 멋대로 들락거렸다.

아버지는 언짢아하기는커녕 저것들이 먹는 밥이 당신 것보다 많아졌다며 대견해 했다. 가끔 햇볕 든 마루에서 새끼를 간질이면 나비는 멀리서 "야아옹!" 하며, 흡족한 소리를 내었다. 평화로운 풍경이었다. 담장의 흙더미마저 소리 없이 무너져 내리던 촌집에 때 아닌 활기가 돌았다.

하지만 나는 고양이가 늘어가는 것이 싫었다. 고깃국을 끓인다든지 생선이라도 구울라치면 여덟 마리가 한꺼번에 몰려왔다. 무리를 지어 부엌 주위를 떠돌면 혐오스럽고 께름칙했다. 몇 번씩 쫓아도 물러가지 않고 도리어 앞발을 세워 눈을 부라렸다. 또 아무데서나 불쑥불쑥 튀어나와 놀라게 한 분풀이로 발길질을 해대면 날카로운 이빨을 드러내고 까릉거렸다. 사람에게도 저주와 복수를 한다는 이야기가 생각나 등골이 오싹했다. 더구나 나비의 영악함은 경험하지 않았던가.

밥상에 아버지와 나란히 앉은 것을 봤을 때였다. 불경하고 불결하여 회초리를 마구 휘둘렀다. 약삭빠르게 회초리를 피한 고양이는 아버지 등뒤로 숨은 채 고개만 빼꼼 내밀고 야옹거렸다. '용용 약 오르지' 하는 태도였다. 내가 감히 상대하지 못하는 주인을 방패로 내세운 순간의 기지에 실소하며 회초리를 내려놓았다.

멸시와 사랑을 직감으로 구분하고 처세하던 놈이니 제 생의 방패인 아버지의 와병臥病이 얼마나 두려웠을까. 이번에도 보름 만에 온 시골이다. 끓는 물에서 한껏 부드러워진 멸치를 수북이 내어놓고 나비가족을 기다렸지만, 아무도 오지 않았다. 햇살이 모여 앉은 처마 밑에는 그간의 사연을 들려주는 아버지의 음성만 빈 들녘 바람처럼 쿨럭댔다.

며칠 전, 갑자기 닥쳐온 추위를 피해 나비가족은 비어있는 뒷집 아궁이에 숨어들었다. 밤새 무슨 일로 몸부림을 쳤는지 다음날 아침엔 모두가 그을음 투성이였다. 불안한 발걸음으로 어지러이 마당을 돌더니 차려놓은 밥상도 마다하고 홀연히 집을 떠났다고 했다. 여왕처럼 군림하던 나비만 남아 밤낮

없이 울부짖는다는 말씀엔 서운함과 쓸쓸함이 묻어났다. 그날 밤, 나비 가족은 텃세를 앞세운 사나운 족제비나 들쥐 같은 강적을 만났을지도 모를 일이다.

도둑으로 숨어들어 뜻밖의 귀인을 만났던 나비. 생애 처음으로 과분한 사랑을 받았으리라. 떠돌이와 몰래 결혼하고 자식도 방만히 거느렸지만, 아버지는 한 마리도 내치지 않았다. 오히려 편한 잠자리와 음식을 나눠주며 보살펴 주던 은혜가 사무쳤던 걸까. 제 속으로 낳은 새끼와 생이별을 하면서도 은인을 지키려던 나비도 아버지에겐 귀인이다.

나는 그날 천박하고 교활한 고양이란 오랜 사회적 통념을 버렸다. 눈앞의 이익과 행복을 마다하고 외로운 의義를 선택한 고양이 한 마리 앞에서 옷깃을 여몄다. 세상의 귀천이란 타고나는 것이 아니라 맞닥뜨린 상황을 선택하는 마음이 만드는 것이거늘……. 인간이 만물의 영장이라고 자칭하는 것은 커다란 오만일지도 모른다는 생각이 스쳐 갔다.

〈2012. 1.〉

등신불

한낮 기온이 영하 5℃까지 내려간 일요일 오후였다. 마당 끝에 선 감나무에서 찬바람이 일고, 짧은 겨울 해는 일찍부터 흙담에 그림자를 드리우기 시작했다. 미처 자취를 감추지 못한 갈잎들도 추위에 쫓겨 양지바른 처마 밑에 몰려들어 웅성댔다.

앙상한 나뭇가지 그림자가 너울대는 걸 바라보던 늙은 아버지가 털모자를 눌러쓰고 몸을 일으켰다. 마당을 가로질러 고방庫房 쪽으로 가는 걸음걸이가 더디고 불편했다. 구부러진 허리 탓에 기우뚱거리는 몸을 겨우 바로 세워 고방 문을 열었다. 구석을 뒤져 물통을 찾아들고, 다른 한 손으로는 지팡이를 잡는다. 윤 씨 할아버지네로 물을 길으러 갈 모양이었다. 얼결에 벌떡 일어선 나는 서둘러 물통을 받아들고 아버지 뒤를 따랐다.

기름값 걱정에 보일러를 틀지 않은 산골 집 부엌 바닥은 냉골이었다. 마당을 파서 물을 끌어다 쓰는 수도관은 며칠째 얼어 물 한방울 나오지 않았다. 당황해 하는 나와는 달리 아버지는 물이 나오지 않는 것 따윈 걱정거리가 아니었다. 지팡이에 의지해 물을 얻으러 가는 여든다섯 노인의 발걸음은 더뎠지만 싫은 기색이 없었다. 오히려 알 수 없는 미소가 입가에 맴돌았다.

인적 드문 길을 걸어 윤 씨 할아버지 집으로 갔다. 아버지를 보자, 아랫목에 웅크리고 누웠던 할아버지가 쓴소리를 쏟아냈다. 돈은 뒀다가 어디 쓸려고 보일러를 잠가 물을 얼게 했느냐는 둥, 오늘 죽을지 내일 죽을지 모르는 영감이 엄동설한에 물통이나 들고 다니며 청승을 떤다는 둥, 아들네로 들어가 편하게 살 것이지 뭐 잘 났다고 꼬장꼬장 버티느냐는 둥 구구절절 옳은 말이었다. 끝없이 이어지는 윤 씨 할아버지의 잔소리에도 아버지는 빙긋이 웃기만 했다. 물통이 채워지자 아무런 말씀도 없이 문을 열고 바깥으로 나섰다. 엉거주춤 서 있던 나는 윤 씨 할아버지께 고맙다는 인사를 남기고 아버지를 좇았다.

아버지는 1929년 일제강점기에 태어났다. 일본의 식민지

경제 수탈이 갈수록 심해지고 우리말조차 제대로 사용하지 못했던 민족 수난시대였다. 하루 한 끼 때우기도 급급했던 형편이라 아버지는 학교 문 앞에도 가지 못했다. 중일 전쟁도 모자라 태평양 전쟁까지 일으킨 일본군에 강제로 끌려갈까 두려워 산으로 숨어 다녔던 시절도 있었다. 그때 일본은 아무런 동의 없이 무작위로 우리 청년을 군용 트럭에 싣고 전장에 보내는 게 예사였다고 했다.

광복 후 좌우 정치적 이념 대립이 살벌하던 시대의 변두리에서 서성대다가 전쟁이 터졌다. 아버지는 징집되었다. 5년간의 긴 군대생활을 견뎌낸 강건한 몸뚱이를 담보로, 허리 끊어질 듯 헐벗은 보릿고개를 넘고, 새벽 종소리에 잠을 깨워 새마을 운동의 주역이 되었다. 부지런히 땅을 일구고 곡식을 가꾸며 여섯 자식을 키웠다. 여름 소나기로 큰물이 져 산길마저 끊어지고 먹을 것이라곤 푸성귀도 모자라던 때였다. 생후 하루 만에 죽은 딸아이를 땅에 묻지도 못하고 쿵쾅거리는 흙탕물에 띄워 보내기도 했다. 아버지는 격동의 세월 한가운데를 살아내셨다.

부질없는 게 인생이라지만, 삶은 언제나 힘겨운 여정이다. 두 아들과 딸을 취직시키고 형편이 조금 풀리던 팔십년대 중반이었다. 살아내느라 쌓인 태산 같은 빚을 갚으려니 우루과이라운드로 관세 장벽이 무너지고 값싼 외국산 농산물이 밀려들었다. 농사 일이 더는 돈이 되지 않았다. 농가의 재산목록 1호였던 소값이 폭락했다. 일 년 키운 황소를 팔아도 막내딸 대학교 한 학기 등록금이 모자랐다. 몇 마지기 논밭에 의지한 농사는 갈수록 어려워지고 빚은 줄어들지 않았다. 고달픔은 그림자처럼 따라 다녔다. 그나마 기대어 쉬던 어머니마저 돌아올 수 없는 먼 길로 떠나갔으니, 막막하고 쓸쓸했을 심사를 내가 어이 짐작이나 하랴.

지난한 세월을 온몸으로 살아낸 삶의 연륜 때문인지 수도관이 얼어 물이 나오지 않는 건 아무런 문제가 되지 않는 아버지다. 얼음이 물이고, 물이 곧 얼음이 되는 걸 알기에 수선스럽지도 않다. 견디고 노력해도 해결되지 않는 것들이 숱했던 삶을 살아왔는데, 잠시 제 모습을 바꾼 물의 장난질은 대수로운 일이 아니다. 시간만 흐르면 해결되기에 그저 기다린다.

예기치 못했던 현실을 앞에 두고도 눈 한번 꿈쩍하지 않는 아버지가 마치, 경계 없이 넘나드는 바람처럼 자유롭게 느껴졌다. 하기야 눈을 백 번 끔벅이고, 천 번의 발버둥을 친 들 어쩌랴. 마음대로 할 수 없는 것이 인생임을 알기에 부딪혀 오는 그대로의 시간을 현명하게 살아내는 지혜를 은연중에 깨우친 듯도 했다. 살다 보면 흩어지고 사라지고 새롭게 만들어지기도 하는 게 우리네 삶이다. 없으면 구하고, 부족하면 아끼고, 넘치면 나눠주는 자연의 섭리가 삶의 리듬이 되신 아버지는 비가 오면 오는 대로, 바람이 불면 부는 대로, 추우면 추운 대로 묵묵하다.

상황과 조건에 구애받지 않는 삶을 살아내는 지혜는 의외로 간단했다. 농약을 치려고 준비해 놨다가도 비가 오면 뒷밭에 고추 모종을 냈다. 햇볕이 쨍쨍 내리쬐면 논둑의 풀을 베고, 비가 그치면 앞밭에 깨를 옮겨 심었다. 꼬이고 어긋나는 생활 속에서도 아버지는 하느님이나 부처님, 조상님께 머리 조아려 빌며 평온하기를 간구하지 않았다. 닥쳐오는 현실에 온 힘을 기울이고 겸손하게 결과를 받아들였다. 거칠게 때로는 끔찍하게 맞닥뜨리는 뼈아픈 사별과 가없는 쇠락 앞에서도 평상심을 지켰다. 진인사대천명盡人事待天命하는 모습은 성급하지도 느슨하지도 않았다.

딸아이를 수장水葬하며 깨달았던 걸까. 아니면 일년 키운 소가 부잣집 사모님 옷 한 벌보다 못한 걸 알면서였을까. 어떤 한 사람에게는 예기치 못했던 뜻밖의 일도, 사람살이라는 전체에서 보면 무시로 일어나는 슬픔과 아픔이라며 담담히 수긍했다. 아버지는 그물에 걸리지 않는 바람 같고, 진흙에 물들지 않는 연꽃 같은 생활인이었다. 이것저것 경계 없이 자유로운 사람을 부처라 부른다면, 아버지야말로 등신불이 아닌가.

길어 온 물을 부엌 물통에 쏟아 붓자, 아버지는 방으로 들어갔다. 털모자를 벗어 벽걸이에 다시 걸고, 깔아 놓은 이불 위에 앉아 고요히 문밖을 바라보셨다. 아까보다 조금 더 길어진 겨울나무 그림자가 마당에 너울거렸다. 처마 밑에 몰려 앉은 갈잎은 여전히 웅성댔고, 짧은 겨울 해는 서산으로 무심히 돌아가고 있었다.

〈2013. 3.〉

2 부

내가 가장 예뻤을 때

알밤 / 〈양발〉과 〈양말〉/ 여름밤, 싸리 그늘에 숨어
잃어버린 황금마차 / '명숙'이 되고 싶었지 / 홀치기와 장롱 / 옥란 언니

알밤

밤도 감도 풋냄새나는 구월 초순인데, 벌써 추석이 다가왔습니다. 조상님 모시는 추석 차례 상에는 탐스럽게 잘 익은 햇과일을 올려야 합니다. 그래야 자식들이 성공하고 집안일도 잘 풀린다고 합니다. 아직 익지 않은 과일 때문에 어머니 아버지는 걱정이 늘어졌습니다. 어른들의 마음을 아는지 모르는지 주렁주렁 달린 감은 초록빛이 선연하고, 연둣빛 가시성에 둘러싸인 밤톨도 얼굴을 내보이지 않습니다.

어머니는 밤이 익을 때가 되었다고 합니다. 나뭇잎에 가려 보이진 않지만 익은 밤은 저절로 떨어진다며 빨래를 하러 가다가도, 푸성귀를 뜯으러 가다가도 밤나무 밑을 서성입니다. 밤을 주우려 했지만 떨어진 건 없습니다. 동네 꼬마들이 밤이며 감, 대추나무 아래에 붙어살다시피 하니 엄마가 주울 밤은 당연히 없습니다. 운 좋게 한두 개 주워도 따라다니며 졸라대는 꼬마들에게 줘 버립니다.

잘 익은 햇밤을 차례상에 올리지 못해 집안에 우환이 생겨 식구들이 고생할까 걱정이 되기 시작했습니다. 나도 밤을 줍기로 했습니다. 틈만 나면 밤나무 아래로 갔지만 늘 다른 아이들이 먼저 와서 두리번거립니다. 남들보다 조금이라도 늦으면 한 개도 줍지 못합니다. 빨리 가야하는데 뾰족한 방법이 없습니다. 생각하고 또 생각한 게 새벽에 일어나 밤을 줍는 일이었습니다. 남들이 잠든 새벽에는 조급증 내지 않아도 내가 주우려는 밤을 낚아챌 사람이 없으니, 일석이조입니다.

다음날 새벽에 언니를 깨웠습니다. 짜증을 내는 언니를 졸라 동네 어귀로 갔습니다. 구름이 끼었는지 사방이 칠흙 같았습니다. 무서웠지만 참았습니다. 언니를 앞장세우고 풀섶을 더듬으며 알밤을 찾았습니다. 손바닥으로 땅을 쓸다시피 꼼꼼히 뒤졌습니다. 손끝에서 밤처럼 느껴지는 건 다 주웠습니다. 다른 아이들이 일어나기 전에 서둘러 앞산 밑에도 가야합니다. 산을 끼고 흐르는 시냇가 옆에도 커다란 밤나무가 여럿 있습니다.

마을에서 벗어난 산 아래라 무서웠습니다. '전설의 고향'에서 본 귀신이 나올 것 같을 때마다 언니 손을 꼭 잡았습니다. 산비탈에 늘어 선 나무라 밤이 시냇물 속으로 떨어집니다. 신발을 벗어 돌 위에 나란히 얹습니다. 바지를 무릎까지 걷어 올리고 물 속으로 들어갑니다. 가을이라 물살은 느리고 수심은 얕지만 새벽의 시냇물은 차갑습니다. 발이 좀 시려도 부지런히 밤을 찾습니다. 돌맹이 속을 뒤지느라 엎드리고 쪼그리다 보니 바지가랑이가 시나브로 젖어 들었습니다.

냇가에는 밤처럼 느껴지는 돌이 너무 많습니다. 추석이 며칠 남지 않았기에 밤이라고 생각되는 건 다 주웠습니다. 한참을 첨벙대며 밤을 찾다 보니 희뿌옇게 아침이 밝아옵니다. 잠자리에서 일어난 동네꼬맹이들이 앞다투어 달려옵니다. 동네 어귀 밤나무 아래도 다녀왔는지 주머니가 불룩한 아이들도 있습니다. 내가 줍지 못하고 남겨 놓은 게 너무 많아 약이 오릅니다. 달려 온 아이들이 우르르 물 속으로 뛰어듭니다. 아이들은 숨은 알밤을 잘도 찾아냅니다. 큰 돌 뒤에 숨은 것, 풀잎 사이에 걸린 것, 풀뿌리에 얽힌 것, 밭고랑에 떨어 진 것……. 아이들은 일찍 나온 나보다 많은 밤을 줍습니다.

샘통이 났습니다. 나는 그들보다 먼저 와 주워 놓은 밤을 자랑하고 싶었습니다. 들고 있던 바가지를 내밀었읍니다. 동글납작한 돌맹이 여럿과, 딱딱하게 마른 소똥도 두엇 섞인 바가지 안에 밤은 몇 개 되지도 않습니다. 샐쭉해진 나는 괜히 언니를 향해 입을 삐죽거리고 눈을 흘겼습니다. 바가지

속을 들여다 본 한 아이가 "에게게~ 소똥이 밤이냐" 며 핀잔을 주는 바람에 팽하니 돌아서 집을 향해 달렸습니다. 눈물이 펑펑 쏟아집니다. 우리집 삽짝까지 한 번도 돌아보지 않고 뛰었습니다.

아침밥을 지으시던 엄마가 어디 보자며 바가지를 받아듭니다. 나는 바가지를 숨기며 엉엉 울었습니다. 엄마는 내 머리를 쓰다듬으며 "아이고, 우리 막내가 많이도 주웠네. 추석에 실컷 쓰고도 남겠다. 남는 건 가을 운동회 때 삶아 먹으면 되겠다. 그지?" 칭찬을 들으며 바가지 속을 다시 들여다봅니다. 겨우 열 개나 될까한 적은 양입니다. 밤을 좋아하는 나 혼자 먹어도 모자라는데 많이 주웠다고 싱글벙글 좋아하는 엄마가 이상했습니다.

잠도 못자고 애썼다며 엄마는, 쌀밥을 봉긋하게 퍼 주었습니다. 나는 눈물을 닦으면서도 큰 그릇의 밥을 마파람에 게 눈 감추듯 먹어치웠습니다. 식사를 마친 아버지는 밤을 주어온 바가지를 들고 부엌으로 갑니다. 땔감나무를 쌓아 놓은 바닥 한 귀퉁이를 들추니 습한 모래가 있는 작은 구멍이 나타납니다. 밤은 습한 모래 속에 묻어둬야 싱싱함을 유지한답니다. 부엌 한 귀퉁이에 쪼그리고 앉아 아버지와 함께 밤을 모래 속에 묻습니다. 내가 주워온 알밤들은 추석날 아침까지 땔감 더

미에 덮힌 모래 구덩이 속에서 햇빛을 보지 못합니다. 또 아무도 꺼내 가지 못하니 마음도 든든해집니다.

그때서야 나는 가방을 둘러메고 학교로 향합니다. 마을 어귀 다리를 건너면서도 밤나무가 늘어선 앞산 쪽으로는 고개도 돌리지 않습니다. 그래도 기분은 좋아서 입꼬리가 자꾸 귀 쪽으로 붙습니다. 헤헤.

〈2013. 5.〉

〈양발〉과 〈양말〉

수양버들 줄기가 긴 머리카락 같습니다. 글짓기 하는 아이들 주변을 오가는 선생님의 긴 머리카락이 버드나무처럼 날립니다. 흰 블라우스에 까만 스커트를 입은 선생님은 '농촌활동'을 나온 여대생입니다. 선생님이 사뿐사뿐 지나갈 때면 복사꽃 향기가 아련하게 실려 옵니다. 나는 선생님 몰래 눈을 감고 심호흡을 합니다. 향긋한 냄새를 들이키면 나도 선생님처럼 예뻐질 것 같습니다.

초등학교 1학년 때니 1970년대 중반입니다. 대학생이 하나도 없는 첩첩산중 산골 마을에도 여름방학이 되면 대학생 언니 오빠들이 '농활'을 옵니다. 수양버들이 출렁이는 중학교 운동장 가장자리에 텐트를 치고 며칠간 머무릅니다. 낮에는 들판에 농약도 뿌려 주고, 김도 매고 빨갛게 익은 고추도 땄지만, 밤에는 우리들과 함께 노래를 부르고 춤도 춥니다. 또 글자도 가르쳐 주고, 글짓기 그림도 가르쳐 줍니다. 가끔씩 대회를 열어 연필과 공책을 상품으로 주기도 합니다.

그날은 글짓기를 잘하는 아이에게 공책 두 권을 상품으로 주는 대회였습니다. 아침부터 아이들이 학교 운동장으로 왔습니다. 가난한 산골이라 공책 표지의 안쪽까지 써야했던 아이들에게 공책 두 권은 큰 재산입니다. 나는 전날 배웠던 '강변 살자' 란 노래를 참고로 하여 글을 썼습니다. 강변이 아닌 시냇가 텃밭에서 엄마와 채소를 뜯는 이야기입니다. 노래가사가 너무 좋아 밤늦도록 불러서인지, 글짓기 하는 내내 반짝이는 금빛 모래가 눈앞에 펼쳐진 듯 했습니다.

글짓기가 끝나고 '강변 살자'를 합창했습니다. 노래를 부르는 동안 대학생 언니 오빠들은 우리가 쓴 글을 읽고 우수한 작품을 골랐습니다. 노래가 끝나고 한참 더 지나서, 예쁜 선생님은 내 이름을 부르고 앞으로 나오라고 합니다. 글짓기를 잘 했다며 머리를 쓰다듬으며 공책을 주었습니다. 아이들은 박수를 쳤습니다. 동네 뒷산 아래 첫집에 사는 '영자'와 '영자 언니'도 함께 박수를 쳤습니다. 나는 기분이 좋았습니다.

대회가 끝나고 집으로 가는 길에 '영자 언니'가 나를 불렀습니다. 언니는 어쩐지 화가 난 표정입니다. 영자 언니는 얼굴이 아주 예뻤지만 화가 나면 꼬맹이들을 득달같이 몰아세

우곤 합니다. 그래서 난 언니가 무섭습니다.

"니, 아까 글짓기 할 때 글자 다 맞게 썼나?"

"오늘밤에 우리집에 온 나. 학교놀이 해서 받아쓰기 100점 받는 사람에게 공책도 줄 거니까, 니 손에 든 거 한 권 가져 오거래이."

저녁을 먹고 상품으로 받은 공책 한 권을 들고 영자네 집으로 갑니다. 옆집 영희와 뒷집 미숙이, 외갓집 옆에 사는 미옥이, 동네 어귀에 사는 분자도 연필을 들고 모여 듭니다. 언니는 마지막으로 영자를 불러 앉히고 헌 공책을 한 장씩 찢어 나눠줍니다. 받아쓰기를 다 맞추는 사람에게 공책을 선물로 주겠다며, 내가 가져 온 공책을 높이 들어 보입니다. 우리가 준비된 걸 확인한 언니는, 받아쓰기 내용을 큰 소리로 부릅니다. 모내기, 숨바꼭질, 깡통 차기, 싸리나무, 빗자루……. 뭐 이런 것들입니다.

나는 열심히 받아씁니다. 열 문제를 부르는데 몇 개를 못 쓰는 아이도 있습니다. 언니는 마지막 10번은 "양발"이라고 합니다. 나는 얼른 왼 손으로 답지를 가리고 '양말'이라고 쓰고, 답지를 냅니다. 채점을 마친 언니가 100점은 영자 한 사람뿐 이라고 합니다. 나도 백점이라며 채점 결과를 보여 달라고 하니, 언니는 내 답지의 10번이 틀렸다고 합니다. '양발'로 쓴 영자가 정답이고 '양말'로 쓴 나는 틀린답니다. 난 상표에도, 책에도 '양말'로 되어 있다고 우깁니다. 언니는 상표나 책이 중요한 게 아니라고 합니다. 분명히 부르는 사람이 "양발"로 했기 때문에 '양말'은 틀린답니다. 언니는 눈에 힘을 주고 몇 번이나 말합니다. 나는 억울했지만 고개를 숙입니다. 언니는 영자에게 공책을 상품으로 줍니다.

새 공책을 받게 된 영자는 내 눈치를 흘깃거리면서도 좋아서 어쩔 줄 모릅니다. 언니는 우리에게 박수를 치라고 합니다. 우리들은 시키는 대로 박수를 칩니다. 나는 언니가 미웠지만 더 이상 따지지 못했습니다. 언니에게 밉게 보이면 등하교길이 편하지 않습니다. 얼굴도 예쁘고 마음도 예쁜 여대생 선생님에게 받은 공책 한 권을, 얼굴만 예쁜 영자 언니에게 빼앗기다시피 했습니다. 억울한 생각이 들었지만 안 그런 척 참습니다.

동갑내기 친구인 영자는 공짜 복이 많은가 봅니다. 학교에 점심 도시락을 싸오지 않아도, 선생님들은 영자에게 '건빵'과 '빵'을 공짜로 줍니다. 나는 건빵이 너무 먹고 싶어도 좀 달라는 말을 못해 침만 흘렀는데, 영자는 받아쓰기가 틀리고도 상을 받는 걸 보니 정말 공짜 복이 많습니다. 속이 상했습니다. 뾰로통해진 얼굴로 인사도 하지 않고 돌아섰습니다.

집에 들어서니 아버지는 마당에 내놓은 평상에서 코를 골며 주무십니다. 외양간 옆에 피워 놓은 모깃불 매콤한 연기는 꼬리를 길게 끌며 사라집니다. 하늘에는 주먹만한 별들이 가득 빛납니다. 엄마가 문을 활짝 열어젖힌 방으로 나를 부릅니다. 나는 모기장 속 엄마 옆에 바짝 붙어 눕습니다. 영자네 집에서 있었던 일들을 엄마에게 징징거리며 일러바칩니다. 이야기가 다 끝나도록 엄마는 대구가 없습니다. 별빛 흥건한 마당 쪽으로 돌아눕던 엄마는 잠결인지 꿈결인지 "영자네는 우리보다 힘든 살림인데, 잘 됐다." 합니다.

마흔 다섯이 된 지금에 와서야 나는, 엄마의 말씀을 알아듣습니다. 남의 처지를 헤아리는 마음을 낼 때 우리가 함께 행복해질 수 있다는 뜻이었음을.

〈2013. 6.〉

여름 밤, 싸리 그늘에 숨어

산골의 여름 밤은 모깃불과 함께 깊었다.

쑥 타는 냄새가 가득해 오면 마당에 놓인 들마루로 저녁상이 나왔다. 풋고추를 넣어 끓인 된장이 단골 메뉴였다. 어머니는 커다란 양푼에 된장과 고추장을 풀고 열무 나물을 뚝, 뚝 잘라 맨손으로 보리밥을 버무려 주셨다. 마파람에 게눈 감추듯 먹어 치우고 동네로 나설 때면 낮 동안의 열기가 수그러지고 바람이 선득선득 불었다.

동구 밖 느티나무 아래로 하나 둘 모여든 꼬맹이들은 왁자글 떠들며 숨바꼭질을 시작했다. 겨우 술래를 면한 내가 숨을 곳을 찾아 허둥지둥 달아나는데, 느티나무에 기대서 외치는 소리가 재빠르게 좇아왔다. 하나에서 백까지 헤아리기가 끝나면 곧장 찾으러 올 것이다. 더구나 술래는 운동회마다 백

미터는 물론이고 오백 미터, 천 미터 계주 선수를 도맡던 아이가 아닌가. 나의 뜀박질은 더욱 빨라졌다.

골목을 꺾어 들어서면 토담이 둘러쳐진 영자네 집이다. 숫자의 외침에 쫓기며 담을 따라 심어진 싸리나무 아래로 급히 숨어들었다. 맨살의 팔다리가 잔가지에 마구 긁혔지만, 바짝 엎드려 숨을 죽였다. 무성하게 잘 자란 팔월의 싸리나무 속 그늘은 주위 어둠보다 곱절은 짙어 숨어있기에 안성맞춤이었다.

백을 외치자마자 술래는 곧바로 싸리나무 그늘을 지나쳐 영자네 대문 안을 기웃거렸다. 닭장에 숨어 있는 아이를 식은 죽 먹듯 찾아냈다. 개울가 다리 밑과 우물 주위도 샅샅이 뒤졌다. 술래는 별빛에 젖어드는 마을을 종횡무진 뛰어다니며 아이들을 찾아냈고, 남은 건 이제 나 혼자였다.

잽싸게 뛰어나가 "찐"하고 느티나무 줄기를 치면 술래가 될 아이를 다시 살려 숨바꼭질의 재미를 더하겠지만, 재빠르게 달릴 자신이 없었다. "찐"하고 뒤돌아 도망치면 마지막 주자가 되어 잡히기 쉽다. 그렇게 되면 또 밤새 술래를 해야 한다. 엎드린 그늘 밖 발걸음 소리가 분주해질수록 몸은 자꾸 움츠러들었다. 싸리 줄기 사이로 보이는 하늘엔 무수한 별이 반짝이고 조그맣게 쪼그려 앉은 나는 시간이 제법 흐르자, 졸음에 겨워 사르르 잠이 들었다.

한참 동안 기세 좋게 뛰어다니던 술래가 삐죽거리며 집으로 돌아가는 소리가 났다. 숨어만 있는 사람과는 다신 놀지 않겠다는 볼멘소리도 들렸다. 술래를 잃은 아이들의 흥은 삽시간에 사그라지고, 느티나무 아래엔 멀리서 들려오는 개구리 울음소리만 가득해 왔다.

술래가 떠나고 아이들도 하나 둘 돌아설 때서야 나는, 싸리나무 그늘에서 나왔다. 마지막까지 숨어 있었던 장소를 궁금해하는 친구들에게 뛰쳐나올 용기가 없어 숨죽여 엎드려 있었던 사실을 말할 순 없었다. 술래랑 멀지도 않은 곳에서 나만 살고자 했던 부끄러움을 숨기며 슬그머니 돌아섰다.

집에 오니 들마루에서 코를 고는 소리가 요란했다. 목침으로 머리를 높게 고이고 잠든 아버지는 세상사를 다 잊은 듯했다. 계면쩍은 마음으로 아버지 곁에 누우니 팔다리의 생채기가 아려 왔다. 그렇지만 끝까지 찾기지 않은 사람이 된 기분은 은근히 좋아 엷은 미소가 슬그머니 피어났다.

꼬물거리는 별들이 손에 잡힐 듯 낮게 내려앉고, 꼬리를 끌며 하늘로 오르는 묽은 쑥 향기가 별빛 바다를 헤엄쳤다. 드문드문 들리는 모깃소리만이 첩첩산중의 적막을 더해주고, 뒷산 초록이 하염없이 짙어가던 그 여름 밤이……. 그리운 계절이다.

〈2011. 6.〉

잃어버린 황금마차

고향길이다. 건듯건듯 바람이 불고 햇살은 금빛으로 쏟아진다. 들판엔 황금물결이 일렁이고, 양철지붕에 감 떨어지는 소리가 간간히 들리는 이런 날은 벼 타작을 하기에 안성맞춤이다. 유년의 이런 어느날, 타작할 벼를 나르는 아버지를 따라 무논에 간 적이 있다. 아버지는 신작로에 지게를 세워놓고 제법 떨어진 무논에서 볏단을 가져다 쌓았다. 지겟작대기에 기대어 비스듬히 선 지게는 벼를 쌓을 때마다 조금씩 밀렸고, 아버지는 매번 추스르곤 했다. 지게를 그냥 세워놓는 것 보다는 내가 어깨에 걸머지고 있으면 아버지가 벼를 쌓기가 훨씬 수월할 것 같다는 생각이 들었다.

지게의 양 끈을 당겨 어깨에 걸치고 지겟작대기를 힘껏 밀어냈다. 지게는 단숨에 쓰러졌다. 나는 곧바로 이마를 땅에

찧으며 엎어졌다. 팔꿈치와 무릎이 쓰라림으로 달아올랐다. 피부가 벗겨져 몹시 아팠지만 볏단의 무게 때문에 빠져 나올 수가 없었다. 깨어진 입술에서 흐른 피가 신작로의 모래와 섞여 목으로 넘어갔다. 문득 죽을지도 모른다는 생각이 들어 무서웠다. "아부지요, 아부지요" 나는 큰 소리로 울부짖었다.

아주 긴 것 같은 시간이 흘렀다. 볏단도 내동댕이치고 급하게 달려 나온 아버지는 얼른 지게를 밀치고 나를 일으켜 세웠다. 큰 사고가 아닌 걸 확인 하더니 흙이 묻은 손으로 눈물을 닦아주며 허허허 웃었다. 지게 위의 볏단 높이는 평소의 절반도 되지 않았는데 아버지는 벼를 가지러 더는 무논에 가지 않았다. 돈내기였다면 영락없이 헛일이 될 볏짐이었다.

아버지는 볏단을 단단히 묶더니 나를 번쩍 안아 지게 위에 올려 놓았다. 지게에 쌓인 볏단, 볏단 위에 동그랗게 앉은 나. 그곳은 망루였고 황금마차의 왕좌였다. 그때까지도 울먹이고 있던 나는 기분이 좋아져 생글거렸다. 지게 위 볏단에 앉아 바라 본 미루나무 꼭대기에는 하얀 조각구름이 걸려있고 글썽이던 눈물은 기쁨의 별이 되어 반짝거렸다. 아버지가 걷기 시작하자 황금마차는 일정한 음률로 춤을 췄고, 덩달아 내 작은 어깨도 덩실거렸다. 그때 난 초등학교도 입학하지 않은 일곱 살이었다.

지게 위에 올라 앉아 엄마에게 돌아가던 신작로를 승용차를 타고 아버지에게 갔다. 조각구름도 없어지고 미루나무도 사라진 신작로는 확장되어 아스팔트로 포장되었다. 부드럽게 굽이지던 논두렁은 바둑판처럼 반듯해졌고 올망졸망하던 산밑의 집들은 여기 저기 빈집이 되어 버려져 있다. 까만 고무신에 물을 떠서 물장구치며 놀던 개울은 말라 버렸다. 개울가 옆에 살던 내 친구 '분자' 네 집 안방문은 문살이 하나도 남지 않았다. 심심풀이 바람만 넘나들었다.

세상에서 나를 가장 예뻐해 주었던 어머니, 아버지의 사랑도 사라졌다. 아궁이 앞에서 밥을 짓던 젊은 엄마와, 높은 볏짐을 거뜬히 지던 아버지가 희미하게 추억되는 날이 오리란 걸, 그땐 정말 몰랐었다.

흐뭇한 추억에 빠진 동안 하늘은 시나브로 어두워졌다. 들녘의 일렁이는 물결위로 산그늘이 흘러온다. 길어지는 그늘을 따라 분노에 찬 촌로들의 눈빛이 겹쳐졌다. 얼마 전 텔레비전에서 봤던 풍경이다. 턱없이 낮은 쌀값으로 시름이 깊어지자 자식 키우듯 가꿔 온 벼를 논바닥에 갈아엎는 모습이었다. 희망이 없어 더는 못살겠다던 하소연 같은 어둠이 밀려들었다. FTA 체결로 쌀값을 더욱 떨어지게 한 정부의 책임을 묻는 내 아버지 같은 할아버지들이 화면 가득했었다.

생존권을 위협 받는다는 늙은 외침들은 국회의사당 앞 콘크리트 바닥에서도 나뒹굴었다. 메아리도 없는 쓸쓸한 몸부림이었다. 생존권 위협의 또 다른 말은 누추한 가난이지 않는가. 인간의 존엄이 몇 장의 지폐와 몇 조각의 빵으로 쉽게 교환되기도 하기에, 가난은 남루하고 씁쓸하고 슬프다. 옛날의 황금들판이 사라진 시골 들녘에 촌로들의 지친 삶이 푸석하게 번져갔다.

〈2009. 11.〉

'명숙'이 되고 싶었지

내가 살던 산골에는 하루에 버스가 두 번 들어왔다. 그것도 강물이 꽁꽁 언 날은 버스가 끊겼다. 배에 버스를 싣고 강을 건너는데, 물이 얼면 배를 띄우지 못했다. 그해 겨울에도 강물이 얼어 버스가 동네까지 들어오지 않았다. 명숙이가 온다는 기별을 듣고 아버지가 자전거를 타고 강가로 마중을 나갔다. 명숙이는 대도시 대구에서 회사를 다니는 먼 친척 아저씨의 막내딸이었다. 쌍거풀 진 눈이 크고 피부가 뽀얀 명숙이를 보고 엄마는 공주라고 불렀다.

아버지와 함께 들어서는 명숙이는 정말 예뻤다. 하얀 털모자가 달린 코트를 입고, 빨간 방울로 긴 머리카락을 두 갈래로 나누어 묶었으며 부츠를 신었다. 겨울만 되면 피부가 트실트실 트고, 싸구려 운동화를 신고 얼음을 지치는 나와는 달랐다. 엄마와 할머니는 명숙이를 무릎에 앉히고 머리를 쓰다듬고 예뻐 죽겠다는 듯 뽀뽀를 했다. 다락방에 숨겨 놓았던 곶감도 내어 주고, 고구마를 구워도 가장 잘 익은 것을 골라 주었다. 나 보다 세 살이나 어린 동생이었지만, 난 명숙이에게 함부로 말을 걸지도 못했다.

살아가는 환경과 외모는 어쩔수 없었지만 무슨 운명이라도 되는 듯 우리는 이름부터 달랐다. 한여름 정지(부엌) 시렁에 얹힌 겉보리밥 쉬는 냄새 같기고 하고, 장독에 갓 담아 앉힌 풋된장 냄새 같기도 한 '순단'과는 애시당초 비교가 안 되었다. 물빛 몸매로 강물을 박차고 오르는 흰 두루미처럼 우아하고, 인기척에 놀라 급하게 논으로 뛰어들던 개구리의 뒷다리처럼 매끈한 '명숙'이 아니던가. 공주같은 명숙이가 다녀간 그 겨울 내내 나는 이름을 바꾸고 싶었다.

부럽고 애타던 겨울이 지나고 봄이 왔다. 면사무소에서 초등학교에 입학 할 아이들을 조사하러 나왔다. 자동화 시스템도 없고, 의무 교육도 아니던 시절이라 일대일 조사에 응하지 못하면 입학할 수 없었다. 취학 조사를 나온다는 소문에 엄마와 난 아침부터 기다렸다. 점심상을 물리고도 한참이 지난 후에 나온 면사무소 직원은 한 쪽 다리를 봉당에 걸쳐놓고 엄마가 불러주는 대로 조사표를 작성해 내려갔다.

그런데 이건 또 무슨 말인가. 한번도 듣지 못한 '기임'이라니. '순단' 보다 더 이상하고 요상했다. 놀라서 아무 말도 못하고 그저 엄마만 쳐다봤다. 조사원이 떠난 뒤부터 엄마를 따라다니며 '명숙'이란 이름으로 바꾸어 달라고 조르기 시작했다. 저녁밥을 짓는 아궁이 앞에 붙어 앉아서도 30촉 백열등 아래서 양말을 깁는 엄마 손끝을 바라보면서도 징징거렸다. 엄마는 호적 돌림자를 따랐다고만 하시곤 더 이상 아무 말씀이 없으셨다.

밤이 깊었다. 모로 누워 잠을 청하는 엄마 등뒤에 바짝 붙어서 또 졸라댔다. 징징거리는 내 울음이 거슬렸는지 방문 입구에 계시던 아버지가 헛기침을 여러번 했다. 그만 울고 잠을 자라고 했지만, 잠이 올 리가 없었다. 이상한 이름으로 불릴 생각을 하니 정신이 말똥말똥 맑아졌다. 엄마 등을 때리고 소리 죽여 때를 쓰며 한참을 훌쩍거렸다. 괘종시계가 열두 번을 치고도 시간이 더 흘렀지만 난 울음을 멈추지 않았다.

갑자기 아버지가 벌떡 일어나시더니 불을 켜셨다. 코를 골기에 한잠을 주무시는 줄 알았는데 칭얼거리는 소리를 다 들으셨던 모양이다. 화가 나신 아버지는 베고 있던 목침을 아랫목으로 집어 던졌다. 오밤중에 가시나가 귀신처럼 훌쩍이면 재수가 없다고 버럭 고함도 질렀다. 겁이 난 나는 얼른 엄마 품 속을 파고들었다. 울음을 그치려고 해도 흐느낌은 한참 이어졌다. 등을 토닥이는 엄마의 손길에 겨우 잠이 들었다. 그날 밤에 나는 '명숙'이란 이름을 꿈길에 버려두고 마음에 차지 않는 '기임'으로 돌아왔다.

초등학교 입학식 날이었다. 운동장에 줄을 지어 선 꼬맹이들 사이로 다가오신 엄마가 이름을 바꾸어 줄까 물었다. 나는 뭐가 불편했었는지 그냥 내버려 두고, 집에나 빨리 가자고 했다. '명숙'으로 바꿀 수 있는 기회를 놓치고, 난 '기임'이가 되었다. 영자, 영희, 미숙, 숙희, 정희. 고만고만한 여자 아이들 중에서 내 이름은 유별났다.

남자 애들은 저 가시나 이름이 '김'이라면서 놀려댔다. "완도 김, 강진 김. 밥에 싸서 냠냠." 약을 올릴 때마다 난 입을 삐죽거리며 눈을 흘겼다. 완도나 강진이란 곳이 있는 것도, 그곳에서 김이 생산되는 줄도 처음 알았지만, 놀림을 받을 때마다 이름을 바꾸고 싶었다. 초등학교 일학년이 지나면서 '김'이라고 놀리는 아이들은 없어졌지만, 듣기 싫은 이름을 가진 채로 초등학교, 중학교, 고등학교를 지났다. 이름 때문이었는지 난 늘 의기소침했다.

대학 일학년 첫 교양과목 시간이었다. 담당 교수가 200명 정도의 수강생 이름을 일일이 불렀다. 이름을 부르면 괜히 고개가 떨궈지고 했는데, 그날도 그랬다. 그런데 뒷자리에 앉은 한 남학생이 "기임, 기임. 이름이 참 특이하면서 예쁘네." 하는 말이 들렸다. 순간 귀를 의심했다. 옆 단과대에 다니는 남학생의 목소리가 분명했다. 처음으로 들어보는 이름에 대한 긍정적 평가였다. 바람같이 스쳐 지나간 그 한마디 탓이었을까. 아니면 나이 탓이었는지도 모른다. 그 후로 이름에 대한 콤플렉스는 급속도로 옅어졌다. '명숙'이란 이름이 촌스럽게 느껴지는 지금은 그리 흔하지 않은 '기임'이 오히려 더 좋다.

세월은 모든 걸 바꾸어 놓는다. 슬픔과 상처도 참고 견디면 변하기 마련이다. 그래서 세상은 끝까지 살아볼 만한 곳이다.

〈2013. 9.〉

홀치기와 장롱

느티나무 그늘이 시멘트 다리에 걸칠 때가 되었다. 홀치기 틀을 가지고 서둘러 집을 나섰다. 오랜 시간 그늘이 머무는 자리를 차지하기 위해서다. 동네를 가로지르는 시냇가 우람한 느티나무가 만드는 두터운 그늘은 시원했다. 첩첩산골의 어린 여자 아이들은 방학마다 홀치기를 하여 돈을 벌었다. 한 필을 홀치면 오백 원도 받고 팔백 원도 받았다. 백 원과 오백 원짜리 지폐가 있었던 시절이었다. 한 필은 한 자 폭에 아홉 자 길이였다. 30센티미터 너비에 3미터 정도가 한 필이니 제법 긴 길이다.

다양한 모양과 색상의 그림들이 한 필에 걸쳐 이어지고, 그림 위에 홀쳐야 할 점들이 까맣게 찍혀 흩어져 있었다. 점들을 하나씩 빠짐없이 홀치면 일이 끝났다. 완료된 제품은 일본으로 건너가 기모노의 원단으로 염색된다고 했다. 일거리를 중간에서 주고받는 아주머니는 나를 좋아했다. 내가 홀친 천들은 매듭이 풀어지지 않아 납품 업체가 좋아한다고 했다. 홀칠 천이 비단이거나 무늬가 복잡한 것들은 가격이 비쌌다. 꼼꼼하고 야무지지 않으면 어지러운 무늬의 작은 점과 미끄러운 천을 손에서 놓치기 쉬웠다. 댓가도 이천 원이 넘었고 비싼 건 삼천오백 원까지도 받았다. 그런 특별한 경우에 아주머니는 내게 일을 맡겼다. 덕택에 방학 한철 부지런히 하면 만오천 원까지 수입을 올렸다. 엄마는 나를 든든해했다.

우리 집은 ㄴ자 한옥이었다. 아래채엔 할아버지가 기거하시고, 위채 방 둘에 여섯 형제와 엄마 아버지가 복닥거리며 살았다. 벽을 따라 박힌 못에 옷들이 겹겹이 걸렸다. 뒤란 쪽 가장자리에 층층이 놓인 고리짝 위에 이불이 얹혔다. 나는 동네 보건소장 집에만 있던 장롱을 우리집 큰방에도 들여놓고 싶었다. 장롱 안에 이불을 넣고 서랍장에 옷들을 차곡차곡 개어 넣으면, 우리 집도 깔끔해질 것 같았다.

그때부터 홀치기로 번 돈을 엄마께 주지 않았다. 다락방에 놓인 앉은뱅이 서랍장 밑에 모으기 시작했다. 그해 여름 한철에 만 팔천 원 정도를 벌었으니 대박이었다. 장롱을 들이려면 삼만 원은 족히 넘어야 했다. 가을 학기 중에도 짬짬이 홀치기를 해서 삼사천 원은 벌었다. 겨울 방학이 시작되자 서둘러

훌치기를 시작했다. 아침상이 들어오기 전의 짧은 시간에도 꽃잎 한 장이라도 훌쳐야 마음이 편했다. 그런 나를 보고 아버지는 알밤이라고 불렀다.

겨울 방학이 끝나고 또 봄 방학이 끝날 때까지 부지런히 했다. 내가 모은 돈은 거금 사 만원을 훨씬 웃돌았다. 아버지는 읍내시장에서 토실하게 잘 익은 짙은 밤색을 띤 장롱을 샀다. 손으로 들 수가 없어 리어카에 싣고 강을 건너고 고개를 넘었다. 산골집 낮은 천정까지 거의 맞닿은 장롱은 웅장하고 멋졌다. 두 짝 문에는 스테인레스의 눈부신 광택을 두른 나무 손잡이도 달려 있었다. 장롱을 사던 날 저녁상에서 엄마는, 나보다 세 살 많은 언니에게 동생 반만 닮으라고 면박을 주었다. 또 보따리 행상에게서 까만색 털모자가 달린 카키색 겨울 반코트도 사 주었다. 우쭐해진 나는 몇날 며칠 밤잠을 설쳤다.

조그만 방에 당당하게 자리잡은 밤색 나무 장롱은 산간벽촌 흙벽돌집의 품격을 다르게 했다. 나는 괜히 꼬맹이들을 방으로 불러들였다. 오자미*도 공기놀이*도 방에서 놀았다. 산수 숙제를 할 때도 여자아이들을 여럿 불러들여 방바닥에 엎드려 했다. 한동안 우리집 큰방엔 손가락만한 여자 애들이 온종일 오글거렸다. 그때가 초등학교 이삼 학년쯤이었으니, 삼십오 년 전의 일이다.

이젠 돈벌이 하던 홀치기도 사라지고 그때의 장롱도 없어졌다. 그저 하루를 살아내기가 벅찬 중년의 한가운데를 건너는 지금, 무엇인가를 해내고야 말겠다고 부지런히 애를 쓰던 그때가 그립다. 참 간단하고 투명했던 시절이었다.

얽히고설킨 인연의 거미줄 속을 힘겹게 헤치며 살아내다가 문득 떠오른 유년의 한때가 나를 새롭게 샘솟게 한다. 반짝이는 추억은, 삶이란 사막에서 만나는 유장悠長한 오아시스가 아닌가. 흐뭇했던 지난날을 되작이며 홀로 앉은 중년의 등뒤로 오후의 태양이 빗겨 지난다.

〈2013. 9.〉

---

* 오자미 : 콩이나 모래를 넣어 만든 헝겊 주머니
* 공기놀이 : 작은 돌 다섯 또는 여러 개를 땅바닥에 놓고, 일정한 규칙에 따라 집고 받고 하는 아이들의 놀이

옥란 언니

언니는 아주 예뻤다. 아줌마들 틈에서 모내기를 하거나 벼를 베면 한눈에 도드라졌다. 새참을 먹으러 걸어 나올 때도 여느 사람들보다 머리 하나만큼 컸다. 반지르르 윤기 흐르는 살결에 뽀얀 치아가 가지런했다. 동네 어른들은 미스코리아가 따로 없다며 입을 모았다. 언니는 할머니 친정 조카였다. 할머니의 친정은 내가 살던 산골 동네 중앙에 자리한 번듯한 기와집이었다. 산 너머 부잣집으로 시집을 갔던 할머니는, 할아버지가 노름으로 전답을 깡그리 날리는 바람에 자식들을 데리고 친정 마을로 돌아와 살고 있었다. 그래서 나는 할머니 친정과 낙동강 건너 어머니 친정을 모두 외갓집으로 불렀다. 또한 아지매뻘 되는데도 그냥 언니라고 부르며 따라다녔다.

첩첩산골에 처박혀 농사일이나 돕는 젊디젊은 언니를 할머니는 못마땅해 했지만, 나는 언니가 좋았다. 언니에게 소속된 모든 것이 마음에 들었다. 굽이 약간 높은 하얀색 샌들도 멋졌고 챙이 넓은 여름모자에서도 달콤한 꽃내음이 났다. 오월 감꽃같이 순진했던 나는 밤낮없이 외갓집을 들락거렸다. 언니는 안채에 딸린 작은 방에서 살았다. 뒤란 쪽으로 난 조그만 문을 열면 정갈한 장독대와 키 작은 앵두나무, 그 옆에 살구나무가 보였다. 언니를 닮은 향긋한 화장품 냄새가 은은하던 방에서 앵두를 먹었던 여름 한낮의 아늑함과 평화로움은 아직까지 생생하다.

언니에게 자주 들락거리는 걸 눈치 챈 엄마는 무슨 불온한 비밀이라도 털어놓듯 나지막하지만 단호한 금족령을 내렸다. 아래 마을 하길이 총각과 정분이 났으니 한번만 더 외갓집을 들락거리면 집에 들어오지 말라고 했다.

하길이 총각은 잎담배 농사를 많이 짓던 부잣집 장남이었다. 공부에 취미가 없어 읍내에서 고등학교를 졸업하고 농사를 시작했다. 키도 컸고 인물도 좋았다. 잎담배는 고수입을 보장하던 특수작물이었다. 이른 봄, 비닐하우스 속에서 싹을 틔워 얼마간 키운 다음에 밭으로 모종을 냈다. 왕성한 성장력을 가진 잎담배는 초여름만 되어도 웬만한 꼬마 키만큼 높이 자랐다. 커다란 잎들이 축축 늘어지기 시작하면, 사람들이 밭고랑을 돌아다니며 잎을 딴다. 비닐을 꼬아 만든 줄에 딴 잎담배를 촘촘히 엮어 황을 피운 건조실에서 빛깔 좋게 말리면 담배원료가 되었다. 건조된 질質에 따라 값비싼 고급 '청자'가 되기도 하고, 싼 '새마을'이 되기도 했다.

논밭이 많던 하길이 아재네는 일감이 많았다. 늦은 밤까지 일이 계속되기도 했었다. 2미터 길이의 줄에 담배 잎을 다 엮으면 인건비로 20원을 줬다. 주로 어린 꼬맹이들이 돌아다니며 담배를 엮었다. 하길이 아재네는 윗동네에 살던 우리들도 불러 일을 시켰다. 그해 여름밤엔 나도 아재네 집에서 담배를 엮었다. 아재는 눈깔사탕을 남몰래 까서 내 입에 넣어 주기도 하고, 애쓴다며 어깨를 주물러 주기도 했다. 엄마에게 들은 비밀이 생각나, 그런 행동을 하는 아재가 징그럽고 싫었다. 더욱이 코를 훌쩍이며 말을 걸어 올 때면 매스꺼움이 치솟아 눈물이 핑 돌았다. 비염을 앓고 있었던 모양이었다.

여름이 가고 가을이 되었다. 들판에 황금물결이 일고 참새들이 총총히 쫓겨 다닐 때까지도 정분이 난 처녀총각에 대한 소문은 잦아들지 않았다. 오히려 어두운 밤, 으슥한 곳에서 만나기도 한다는 소문은 귀신의 숨결처럼 온 마을을 은밀하게 휘젓고 출렁거렸다. 들판의 가을걷이가 끝나고 콩 같은 작물도 타작이 끝났다.

집집마다 곡식들이 수북 쌓여 갔지만 외갓집의 옥란 언니 마음 뜰은 한없이 야위어 갔었나 보다. 그러던 어느날 언니가 사라졌다. 저녁밥을 먹고 들어간 언니가 다음 날 해가 중천에 뜰 때까지도 나오지 않았다. 외할아버지가 버럭 고함을 지르며 문을 왈칵 여니 빈방이었다고 했다. 외할아버지 내외는 딸이 사라진 것을 쉬쉬했다. 바쁜 농사철이 끝나서 돈을 벌러 타지로 나갔다고만 했다. 할머니는 번질나게 친정을 들락거리면서도 일언반구 말씀이 없었다.

이슬이 서리로 바뀌었다. 이른 아침이면 눈이라도 내린 듯이 들판이 하얗곤 했다. 그런 날은 아침나절이 훨씬 지나야 산과 들에 눅눅함이 사라진다. 바야흐로 습기가 마르기 시작하는 것이다. 그 시각쯤에 불쏘시개로 쓸 솔잎을 긁으려 뒷산 중턱까지 올라갔던 미숙이 아버지가 황급히 되돌아왔다. 하길이 아재네 동네가 한 눈에 내려다보이는 편평한 산기슭, 늙은 소나무에 목을 매고 늘어져 죽은 언니를 봤던 것이다. 사라진 지가 열흘은 지났었다. 비록 형체는 허물어졌지만 옷을 보고 멀리서도 알 수 있었다고 한다. 동네가 발칵 뒤집혔다. 악취가 지독했고, 늑대라도 다녀갔는지 시신 아래는 알지 못할 짐승 발자국이 어지럽게 흩어져 있었다고 했다. 흉흉한 기운이 몇 날 며칠 동네를 굴러 다녔다.

가을이 가고 겨울이 갔다. 다음해 봄이 깊어지도록 나는 극도의 공포에서 벗어나지 못했다. 혼자서는 방에 들어가지도 못했다. 할 수 없이 혼자 방에 들어가면, 한쪽 구석에 목을 늘어뜨린 언니가 우두커니 서 있곤 했다. 소스라치게 놀라고 경기하 듯 울어댔다. 훤한 대낮에도 뒷산 쪽으로는 고개도 돌리지 못했다. 엄마가 양밥을 해야 한다며 식칼에 묻힌 밥을 찬물에 씻은 후, 그 물을 입에 물고 내게 뿜어댔다. 난 눈을 감고 얼굴에 뿌려지는 끔찍한 기분을 꾹 참았다. 여러 날을 그렇게 했다. 양밥을 한 다음 날이면, 우리 집 싸리문 앞에는 허연 밥알이 널브러졌다. 희끄무레한 밥알은 괴이한 기분을 들게 했다. 발이 공중에 뜬 것 같은 무속巫俗의 날들을 건너면서 무서움증도 조금씩 사라졌다. 그러면서 언니도 하길이 아재도 슬그머니 레테*의 강을 건너갔다.

〈2013. 10.〉

---

* 레테 : 그리스 신화에 나오는 망각의 강

3 부
세월

왕초와 공산이

왕초와 공산이는 개〔犬〕 이름이다. 그들은 팔공산 부인사夫人寺에서 비구니 스님들과 5년째 함께 살고 있었다. 공산이는 혈통이 좋은 진돗개로 비싼 값을 지불하고 스님이 품에 안아 데려왔지만, 왕초는 집도 절도 없는 똥개의 후손으로 바위틈에서 태어났다. 태어나자마자 산독으로 사경을 헤매다 스님들의 지극정성으로 가까스로 기력을 차렸을 즈음에 공산이가 절집에 왔었다.

왕초는 사람으로 말하면 거지의 아들이다. 왕초의 아버지는 주인에게서 버림을 받고 이곳저곳을 떠돌던 개였다. 여러 날을 굶어 헐벗은 몰골로 부인사로 굴러 들어온 것을 스님들이 거두었다. 음식을 주는 사람 모습이 사라진 후에나 잔뜩 경계하며 다가와 음식을 낚아채듯 물고는 잽싸게 달아났다.

먹는 것도, 배설하는 것도 모습을 숨긴 채였다. 챙겨주는 음식이었건만 왕초 아버지는 도둑고양이처럼 끼니를 해결했을 뿐만 아니라 스님들을 향해서는 한번도 반가운 꼬리를 흔들지 않았다.

그러던 어느 겨울, 찬바람이 불고 눈이 무더기로 흩날리던 날이었다. 부인사 뒷산이 떠나도록 울부짖는 개의 울음소리로 긴 겨울밤이 밝은 아침, 일찍부터 스님 몇 분이 울음소리가 나던 장소를 찾아갔다. 절집에서 그리 멀지 않은 바위틈에 왕초의 엄마가 새끼 둘을 낳고 지친 표정으로 엎드려 있었고, 왕초의 아버지는 산고産苦를 치른 부인의 이곳저곳을 살뜰하게 핥아주고 있었다.

상처도 같은 모습일 때 서로에게 더 큰 위로가 되는 것인가. 왕초 아버지는 주인에게 버림받고 거지의 몰골로 부인사를 찾아온 왕초 엄마를 만나 서로 위로하며 사랑하다 왕초를 낳았다. 추위와 굶주림에 떨고 있는 갓난 강아지가 가엾어 스님들이 거두었다. 어린 새끼 둘을 데려 가는데도, 왕초 부모는 울지도 않고 따라 나서지도 않았다. 스님들에 대한 신뢰가 생겨나기 시작했지만, 그 신뢰로 마냥 행복해 하기에는 버림받은 상처가 너무 깊었던 모양이었다. 함께 절집으로 데려 온 왕초의 형제 한 마리는 흔한 이름도 하나 얻지 못하고 그날로 죽었다.

공산이는 진돗개라는 훌륭한 혈통답게 팔공산의 정기를 이어가라고, 이름도 팔공산의 앞 자를 빼고 공산이라고 불렀다. 혈통의 품위를 유지하느라 그랬는지 매사에 급한 것이 없었고, 신경을 곤두세워 경계하는 것도 없었다. 늘 여유작작 한가로웠다. 경내境內를 지나가는 객 누구에게나 꼬리를 흔들며 반가워했고, 절 주위에서 농사를 짓는 사람을 따라가 농가에서 며칠씩 살기도 했다. 뒤늦게 소식을 들은 스님들이 농가를 찾아 데려 오기도 여러 번이었다.

며칠을 굶어도 모르는 사람이 던져주는 음식은 먹지 않으면서도, 절집을 찾아온 손님이 주는 음식은 아무리 배가 불러도 날름날름 받아먹었다. 지나가는 낯선 객에 대한 경계는 왕초에게 맡겨놓고 공산이는 경내를 지나가는 다람쥐나 고양이를 보고 할 일없이 짖어 대곤 했는데 그 폼이 꼭, 심심한 한량이 지나가는 여인에게 수작을 거는 것 같았다. 세상에 대한 오기나 치열함이 없는 공산이는 달을 희롱하는 이태백이요, 꽃잎을 치근거리는 봄바람이었다.

반면 왕초는 매사에 민첩하고 부지런했으며 날카로웠다. 부인사 경내에 들어서는 낯선 사람에게 무섭게 짖어대는 바람에, 등산객들은 경내를 통하지 않고 곧바로 산길로 접어들어야 했다. 아침 일찍부터 늦은 밤까지 사찰을 드나드는 사람들은 왕초의 눈을 통해 다양한 음색의 짖는 소리로 스님들에게 전해졌다. 절집을 자주 찾는 사람들을 구별하고 꼬리를 흔들 줄도 알아 방문객의 사랑을 받기도 했다.

스님들은 왕초를 절집의 든든한 지킴이라고 좋아했다. 왕초의 총명한 행동이 미더워, 왕초에게 집을 맡기고 종일 바깥일을 보기도 하고 문을 활짝 열어 놓은 채 깊은 잠에 빠지기도 했다. '왕초'란 이름은 버림받은 거지 자식에 대한 최대의 존칭이었다. 자신의 내력을 아는지 왕초는 정성으로 절집의 지킴이가 되었고, 사랑을 받으려고 지극정성으로 노력하면서 이름에 걸맞은 자리를 지켰다.

절집의 별이 되어 반짝이던 왕초가 얼마 전, 농약을 넣은 돼지고기를 주워 먹었다. 절 주변에서 농사를 짓는 사람들은 과일이 한참 익어가는 밭을 밤마다 엉망으로 만드는 산짐승들의 피해 때문에 근심이 컸다. 무단으로 드나드는 짐승을 잡기 위해 농약을 넣은 돼지고기를 밭고랑에 던져둔 것이었는데, 하필이면 뒤를 보러 포도밭에 들어간 왕초가 약이 든 돼지고기를 덥석 삼킨 것이다. 스님들이 응급조치를 취했지만, 왕초는 반나절을 넘도록 고통스러워했다.

숨을 헐떡이며 누워있는 왕초를 공산이는 안절부절못하며 지켜보았다. 반나절 내내 몸부림치는 왕초 주위를 맴돌았다. 낯익은 사람이 반가운 채 말을 걸어도 공산이의 눈길은 잠시도 왕초에게서 떠나지 않았다. 죽음을 목전에 둔 고통의 순간

내내 물 한방울 넘기지 못한 건 왕초도 공산이도 마찬가지였다. 그들은 일심동체一心同體였다.

왕초가 마지막 숨을 헐떡이며 죽었다. 스님들은 왕초를 절집 뒤 소나무 밑에 묻어 주고 이별의 눈물을 흘렸다. 왕초가 세상을 떠나자, 공산이는 헤프도록 흔들어 대던 꼬리를 아무에게도 흔들지 않았다. 하루에도 몇 번씩 절집을 빙빙 돌며 사흘 밤낮 아무것도 먹지 않고 왕초가 살던 집을 기웃댔다. 그렇게 보름 남짓 보내던 공산이가 왕초의 집으로 거처를 옮겼다. 아침 일찍부터 경내를 지나가는 낯선 객을 향해 날카롭게 짖어 댔다. 왕초가 쓰러졌던 포도밭에 사람이 보이면 더욱 큰소리로 여러 번 짖었는데, 왜 그런 잔인한 짓을 했느냐는 원망같이 들렸다고 한다.

왕초와 공산이는 둘 다 수놈이라 살을 섞어 깊은 정을 나누지는 않았지만, 서로의 마음을 헤아려 준 멋쟁이다. 인연이 닿아 사랑할 땐 기쁘고, 인연이 다해 헤어질 때 아픈 건 생명 가진 모든 것들의 일상이다. 하지만 깊은 정을 주고받았을 왕초와 공산이를 한갓 개들의 진부한 사건으로 치부하고 잊어버리기엔 귀한 보석을 잃은 듯 안타까웠다. 서로를 향한 존중과 속 깊은 정을 나누었던 멋진 그들이 정말로 부러웠다.

〈2008. 7.〉

갓 바 위

정갈한 바람이다. 사람들 사이로 계단을 올라야하는 번잡함을 피해 이 길을 택하길 잘했다. 작은 동산 옆 능선을 돌아 갓바위로 오르는 길은 인적이 드물어 고즈넉하다. 나뭇가지와 가지를 건너다니는 청솔모의 낮은 발소리도 간간히 들려오고, 내딛는 걸음도 가뿐하다. 정상을 이마에 얹고 평퍼짐한 바위에 홀로 앉았다. 귀결에 닿는 솔바람소리가 호젓하다. 청량한 바람에 몸이라도 씻은 것인가? 계곡 건너 관봉冠峰(갓바위) 약사여래불의 뒷모습이 청정하다.

기도를 하면 우주만물 어디에든 스며들고 전달되어 성취가 될 것 같이 맑고 투명한 날이다. 눈을 감고 내 아들딸과 주위 사람들의 안녕과 번영을 기원한다. 차라리 부처님 전前에 올라 두 손 모아 빌어보는 게 영험할 것 같아 자리를 옮긴다. 선

본사 본당이 내려다보는 공양실을 돌아 갓바위에 올랐다. 정상, 넓은 도량에는 머리 숙여 합장하는 사람들로 가득하다.

수능 백일기도처가 된 광장엔 학부모 기도소리가 넘친다. 향내가 자욱한 가운데 염주를 손에 두르고, 더러는 목에 걸친 사람들이 108배를 올리고 있다. 자식들의 복을 엎드려 빈다. 버리지 못하는 욕심을 잠시 비운 두 손을 부처님께 올리는 모습이 간절하다. 이마가 땅에 닿도록 절을 한 뒤 앞으로 나아가 향을 피운다. 자리가 없어 뒤쪽으로 둘러선 사람들은 큰 원을 그린 두 팔을 가슴 가운데로 모으며 합장을 한다. 경건하고 엄숙한 모습이다. 팔공산 관봉 여래 부처님 전 광장에는 숱한 사람들의 사연과 소원들이 어지러이 얽혀드는데……. 갓바위 부처님은 커다란 두 귀를 활짝 열고 미소만 지을 뿐 아무 말씀이 없다.

마음이 착해진 나도 옷깃을 여민다. 합장하며 올려다 본 부처님의 형상이 문득, 오고감이 없는 여래의 적멸인 듯 장엄하다. 1965년 보물 제431호로 지정된 통일신라 말의 석불이다. 약사여래로 좌정하여 오랜 세월동안 번잡한 사람살이를 묵묵히 보듬어 온 대선사의 풍모다. 겹겹이 쌓인 세월의 두께로 더욱 장중해진 어깨 위로 세상의 모든 소원을 들어 줄 듯한 큰 귀가 욕심없이 흘러내린다. 넓은 어깨에 풍만한 가슴이다. 입술 위를 스치는 듯 머물러 있는 온화한 미소가 마음길로 찾아든다. 빈손을 내밀어 복을 바라던 중생의 간절한 마음이 편안해진다.

믿고 따르는 사람이나 그렇지 않은 사람, 심지어는 부처 따위는 안중에도 없는 사람까지 웃음으로 받아들인다. 참으로 대인이다. 바람 불고 비 오는 밤이나, 눈 쌓여 얼어붙은 겨울 새벽을 가리지 않고 늘 그 자리에서 진중하게 귀를 열고 기도를 듣는다. 그래서 찾는 사람의 마음이 편해지는 팔공산 관봉 석조약사여래좌상 앞은 늘 북적이는데, 수능을 앞둔 지금은 발 딛고 설 틈조차 찾기 힘든다.

두 손 모은 사람들의 간절함이 모두 환한 꽃으로 피었으면 좋겠다. 소원이 곧 이루어 질 것 같은 기대감이 넘실거리는 정상에서 여래불을 친견하고 내려가는 하산길이 넉넉하다.

〈2009. 9. 대구신문〉

폐사지에서 영원을 생각한다

석탑이 있는 넓은 폐사지에 어둠이 내리고 있다. 1300년 전 사비성에 타오르던 불길이 아직도 타고 있음인가. 탑신 전체가 검게 그을린다. 나당 연합군에 유린되어 7일 밤낮을 철저히 불타고 파괴당하는 아비규환 속에서 사비성이 오직 한 점 석탑을 남겨 찬란했던 백제문화를 반추하게 하니, 정림사지 오층석탑이 그것이다.

나라의 부흥을 기원하는 국립 사찰, 정림사 중앙에 위치하여 조성된 석탑이었으니 백제인들의 정신적 고향이었으리라. 탑신부 몸돌은 위아래가 좁고 가운데를 볼록하게 표현한 배흘림기법을 사용하여 매우 아름답다. 유년시절, 한 장의 사진으로 교과서에 소개되던 백제의 유물이다. 1970년대 시골 초등학생에겐 교과서에 나오는 모든 것은 위대하였다. 가까이 한다는 것은 생각도 못했다. 그러다가 이제 어둑한 어둠이 오고 있는 부여 땅 동남리에서 마음에 그리던 석탑을 만났다. 연지*도 금남지*도 사라지고 회랑도 강당도 유실된 채 윤곽만 남은 남북일직선상 백제가람의 희미한 흔적 위로, 퇴락하는 황금빛이 자잘하게 흔들린다.

부소산 달빛조차 찬란했을 660년 7월 보름쯤이었을까. 백제의 귀부인과 아낙들은 도성의 최후 보루지인 낙화암까지 나당연합군에 쫓겨 달아났다. 더 이상 갈 곳이 없어진 여인들은 백마강으로 몸을 던져 한 잎 꽃잎으로 흩날려 사라졌다. 하지만 드높던 예술혼은 그을린 탑으로 남아 백마강 물결 타고 내게로 흘러온다.

애통한 마음에 손끝이 석탑을 따라가니 눈앞이 흐리다. 의자왕이라도 된 것인가. 착한 백성들이 살고 있는 사비성을, 사람의 탈을 썼다면 그토록 철저하게 불 태워 버릴 수는 없었을 것이다. 당나라의 장수 소정방의 잔혹함에 새삼 치가 떨려온다. 백성들의 목숨은 임금의 치국에 달렸다는 걸 잊었으니, 나라의 임금이 된다는 건 자기를 버리고 백성의 행복을 위해 밤잠을 아껴야 했음을 몰랐으니, 비극의 역사를 쓸 수밖에. 지금에 와서 가슴치고 애통해한들 무엇 하랴. 육백년 영화가 7일간의 화마로 사라져 갔으니, 예나 지금이나 약육강식의 질서는 무소불위의 힘을 발휘하나 보다. 그런 쓰라린 체험 때문인가? 부여 땅엔 아직도 산세가 기를 꺾고 백마강은 소리죽여 흐른다.

소정방은 신라와 연합하여 백제를 멸망시킨 장본인이다. 사비성이 불타고 있을때, 전승의 기쁨으로 충만하였을 소정방은 백제의 심장부인 정림사 오층석탑에 자신의 전공을 기리는 비문을 새겼다. 초층탑신初層塔身 사면에 대당평백제국비문大唐平百濟國碑文이라는 문장이 그것이다. 당으로선 칭송할 치적이지만 폐사지에 선 내겐 피도 눈물도 모르는 야만인 오랑캐장수의 어리석은 치기稚氣로만 여겨진다.

땅위에 남은 정림사지 오층석탑 하나로 백제의 찬란했던 문화를 보여주기엔 턱없이 부족하였으리라. 1993년도 저물어가던 선달 어느 날, 천년을 숨죽이던 월척이 능산리 고분군과 부여 나성 사이 자그마한 계곡 펄 속에서 모습을 드러낸다. '금동대향로' 다. 백제 예술의 정수가 한 고고학자의 치열한 손길을 빌려 세상에 나와 남은 이야기를 계속한다.

660년 여름해도 저물어 가는 칠월 어느 날, 평화롭던 사비성에 18만 적들이 물밀듯이 쏟아져 오니 오갈 곳을 잃은 궁녀들은 갈팡질팡이다. 임금께 음료를 진상하던 한 여인은 나라의 운명이 예사롭지 않음을 직감한다. 임금의 손길과 숨결이 서려있는 애달픈 '금동대향로'를 아무도 찾을 수 없는 공방 속에 깊숙이 밀어 넣는다. 세상을 모조리 태우는 거친 불길이었지만 적의 공격을 방어하던 펄은 태울 수 없었다.

망국의 비통함을 품은 향로는 펄 속에서 1300년 동안 질척이는 슬픔을 달래야 했다. 흙탕물 속에서도 추호의 흐트러짐 없는 용모로 당당하게 나온 향로는 백제인이 꽃피웠던 지고의 예술세계와 숭고한 이상세계를 말없이 웅변한다. 오랜 세월 숨죽인 빛을 환한 세상에 드러냈건만, 이제는 옛 영화를 그리워하는 이가 드물다. 발길 드문 백제박물관에서 사라져간 영화를 기억하며 쓸쓸하게 서있다.

그날의 산천과 5인의 악사, 여의주를 입에 물고 승천하는 봉황, 호랑이, 사슴, 물고기 심지어는 산 사이로 흐르는 시냇물, 폭포 등이 변화무상하게 표현되어 있으니 동남아시아 제일의 문화지가 백제였음을 보여주기에 부족함이 없다. 찬란했던 문화를 한줌의 재로 만들어 버린 소정방이 가소롭고 마음은 더욱 애잔하다.

백제를 멸한 소정방은 고구려도 멸하지만, 한때 동지였던 신라의 김유신에게 죽임을 당하여 불귀의 객이 되고 말았으니 역사는 이긴 자도 진 자도 세월 속에 묻어버리는 것이다. 다만 순수하고 치열했던 인간정신만을 문화의 꽃으로 기억하고 추앙하니 권력에의 집착과 욕망이 얼마나 헛된 것인가.

21세기의 하루가 저무는 폐사지엔 석탑의 슬픈 사연을 전하려는 바람만 훠이훠이 불고, 인적 드문 박물관에 박제된 백제문화는 홀로 외롭다. 무엇을 해야 하고, 무엇을 삼가야 하는지 천년을 불어오는 바람이 끊임없이 수런거린다. 금동대향로의 오악사들이 연주하던 배소, 완함, 종적, 거문고, 항아리 북소리는 아득하게 사라졌고, 옷깃을 여미는 후손의 마음만 더욱 애잔해진다.

〈2006. 대구문학 신인상〉

* 연지 : 백제시대 가람배치에 있던 연못
* 금남지 : 백제시대 가람배치에 있던 연못

달밤

그대, 달빛 젖은 밤길을 걸어 본 적이 있는가. 소슬한 바람에 낙엽지는 가을밤이나 개복숭아 진분홍 꽃잎 자지러지게 피어나는 봄밤, 그도 아니면 달맞이꽃 향기 샛노랗게 어지러운 여름밤이라도 좋다. 가슴 아픈 사연으로 잠 못 이루거나, 애끓는 사랑 앞에서 아무것도 할 수 없는 안타까움이 명치끝에 얹혀 울컥울컥 눈물로 쏟아지는 날이면 그대, 달빛 젖은 밤길을 걸어보자. 세월의 갈피갈피에서 숨죽인 상처들 보듬으며 엷은 미소 지을 수 있으리라.

백안삼거리에서 팔공산 동화사 방향으로 가다 보면 현대시를 자연석에 새겨 앉힌 육필공원 〈시인의 길〉이 있다. 여기에서 북지장사 방향으로 산길을 따라 천천히 걸어보자. 곧 달빛 아래 검푸른 머리 구름처럼 풀고 서 있는 소나무 숲길을 만날 수 있다. 소나무 사이를 걷노라면 푸른 솔잎을 흔들며 내려앉는 청아한 향기에 저절로 눈이 감기고 귓전엔 쏴아, 쏴아~ 파도가 밀려든다. 가느다란 솔잎 사이를 빠져나온 바람이 바다 소리를 낸다.

솔숲에서 바다를 만났던 그날은 유월 보름이었다. 소나무 둥근 기둥에 기대어 바라보니 세월에 비껴 간 젊은 날의 꿈들이 달빛 아래 처연했다. 멈추지 않는 일상의 다급한 바퀴에 깔려 부서졌던 꿈들이 쏴아아 함성을 지르며 고개를 들었다. 내가 닿아 행복하고 싶었던 곳은 어디였던가, 지금은 어디로 가고 있으며 왜 가고 있는가. 마음에 그리운 사람들을 바쁘다는 핑계로 잊고 살지는 않는가. 잊고 살았던 물음들이 파도처럼 밀려왔다.

지척에 두고도 무심했던 그리움이 알알이 박혀오는 달빛 젖은 길을 걸어 천년고찰 북지장사에 올랐다. 쌍둥이 삼층석탑을 돌며 홀로 합장하는 비구승, 숙인 머리 뒤로 하늘빛이 교교했다. 높은 산이나 낮은 개울을 가리지 않고 내려앉은 무던한 달빛, 그 빛을 품은 산천초목은 자연 그대로 담담하다. 크고 강한 것들의 그림자이던 그늘 위에 또, 슬그머니 내려앉은 어둠은 깊고 평화롭다. 높고 낮음, 밝음과 어둠을 차별 않는 달빛의 태연함이 위대하고, 지난 폭풍으로 깊어진 계곡의 상처를 품어 주는 품도 넓다. 크고 밝은 빛으로 만물을 감싸면서도 달님은 눈도 부시지 않다. 하염없이 올려다봐도 질리기는커녕 오히려 다정하다.

달빛이 어느 땐들 유정하지 않겠냐만, 솔숲에서 파도를 만나는 밤이면 우리는 마음에 숨어 살던 것들을 문득 그리워하게 된다. 숲길에 물결치는 파도소리를 들려주고 싶고, 잊었던 꿈들을 다시 꺼내 어깨 다독이며 위로해 주고 싶어진다. 사랑으로 살아갈 수 있음을 확인하는 순간이다. 사랑은 희망이며 희망은 생활의 에너지다. 파도 소리에 유영遊泳하는 달빛에 서러움이 씻겨질 것이고, 수굿해진 아픔들은 마음 가득 사랑꽃을 피워 올리리라.

그대, 지치고 힘든 날엔 달빛 젖은 밤길을 걸어보라.

〈2009. 대구신문〉

부활의 꿈

순간이었다. 달리던 차가 비틀거리며 가드레일을 치기까지는 일초도 걸리지 않았다. 다행히 언덕 아래로 구르지 않았다. 바퀴가 찢어지고 범퍼는 너덜거렸다. 현장을 살피던 남자는 수리를 하려면 보름은 걸린다고 했다. 차는 낯선 곳으로 끌려가고, 나는 홀로 집으로 돌아왔다. 잠자리에 누웠지만 잠이 오지 않았다. 늘 함께 있던 사람과 이별한 듯 허전했지만, 솜씨 좋은 정비공을 만날 거란 생각으로 마음을 달랬다.

아픔과 상실이 진정을 만나면 새로운 삶을 살기도 한다. 느닷없이 받은 상처와 치욕을 견디며 세월을 방황하는 것은 언젠가 만나게 될 진정에 대한 기대 때문인지도 모른다. 갑작스런 사고로 엉망이 된 승용차도 부활을 꿈꾸며 갔는데 만인의 견인차요, 민족정신의 대맥이었던 대장경이야 말해 무엇

하라.

대장경은 삶의 지혜를 집대성한 결정체로 귀족에서 천민에 이르기까지 모든 백성이 받들던 금구성언金口聖言*의 그릇이었다. 개경을 함락한 거란이 송악에 진을 치자 현종은 백성을 지키려는 대원을 경판에 세기기로 했다. 잔혹한 수탈 앞에 선 나약한 임금의 안타깝고 진실한 마음이 전해졌음인가. 1011년 판각이 시작되면서 거란군은 물러갔다. 사람들은 부처의 힘이 적을 물리쳤다고 믿었다.

그로부터 무려 76년 동안 여섯 임금이 내용을 보태고 다듬어 초조대장경이 완성되었다. 긴 세월, 거룩한 뜻을 세우려던 옛 임금들의 한결같은 의지는 변화만을 좇아가는 오늘날 우리들의 가벼운 발길을 돌아보게 한다. 오랜 간절함으로 장대한 꽃을 피운 대장경은 백성들의 안식처요, 의지처가 되었다. 늙고 병든 이에게는 극락왕생을, 헐벗어 배고픈 사람에겐 부귀영화의 꿈으로, 권력에서 밀린 총명한 이에게는 화엄의 바다가 되어 모든 사람을 하나로 묶었다.

우뚝하게 드높아 나라의 성물聖物이 된 대장경을 침략으로부터 온전하게 지키는 건 중대한 일이었다. 적당한 장소를 찾던 인종은 북쪽으로는 험준한 준령이, 남쪽 좌우 계곡으론 분수령을 이룬 바구니 모양의 지형에 눈길이 머물렀다. 국경에서 멀고 험준한 산맥과 깊은 계곡을 이룬 팔공산은 적의 침입에 대비하기 좋았다. 대가람, 부인사도 웅숭깊게 앉았으니 그야말로 안성맞춤이었다. 밝은 햇살 아래 웅장한 사찰을 바라보던 임금은 이곳에 대장경을 모시게 했다.

대장경은 눈부셨다. 바다 건너 일본, 멀리 대륙 원나라에까지 밝은 빛으로 빛났다. 고려의 웅혼한 상징에 압도당하지 않은 나라가 없었고 경건한 마음을 갖지 않은 사람이 없었다. 불가침의 성역이면서도 꿋꿋한 생명을 길러내는 정신적 자궁이기에, 세계 제패를 꿈꾸던 몽골(원)에게는 눈에 가시요 저주의 대상이었다. 반드시 도려내고 없애야 할 증오 덩어리였다.

1232년 여름, 드디어 몽골은 총 사령관 살례타를 앞세워 팔공산으로 향했다. 말을 타고 창검을 휘두르는 십만 기병이 파죽지세로 달려 올 때, 부인사 스님들은 불에 강한 삼蔘줄로 엮은 그물을 경판전에 덧씌웠다. 방화 장치였다. 또한 오랑캐의 천박한 발길이 함부로 닿지 않도록 가람 주위에 함정을 파고 방어벽도 만들었다. 부귀영화에 눈이 먼 위정자들이 권력 다툼만 하고 있었으니 스님들이 손수 땅을 파고 나무를 잘라 침략에 대비해야 했다. 무기는 턱없이 모자랐다. 대장경을 사수 할 젊은 승군 오백 여명만 칼이나 창, 화살로 무장했다. 노승과 동자승들은 죽창이나 목창을 들고 일주문과 대웅전으로 흩어졌다. 전쟁 경험은 물론 군사 훈련조차 없었던 승군들이 맹호 몽골군과의 전장戰場제일선에서 느꼈을 비애와 절박함, 그 쓸쓸함을 생각하면 지금도 안타깝고 목이 메인다.

초승달마저 꼬리를 감아드는 인시, 긴장감이 팽팽한 팔공산에 적의 침입을 알리는 다급한 북소리가 적막을 찢었다. 삽시간에 산사는 어지러운 말발굽소리와 혼잡한 횃불, 날카로운 고함소리로 아수라장이 되었다. 일주문의 방어선이 무너졌다. 난입을 막고자 하늘에 닿는 간절함으로 팠던 함정 위로 수십 개의 사다리가 걸쳐지고 적들은 성큼성큼 건너왔다. 활을 쏘고 칼을 휘둘렀지만 방호벽은 허물어지고 산신각, 칠성각이 훨훨 타 올랐다. 온 경내가 화염에 휩싸였다.

삼줄로 엮은 판전만이 불길 속에서도 건재하니 적들은 더욱 미쳐 날뛰었다. 불화살과 불덩이가 한꺼번에 쏟아졌다. 젊은 비구들은 육신을 방패삼아 이리저리 뛰었다. 불화살이 판전에 꽂히면 제 몸보다 먼저 마음이 아파 울부짖었다. 승복을 벗어 불을 끄고 팔, 다리를 분주히 뻗쳐 지키려 했지만 살갗에 꽂혀오는 불화살의 고통을 이길 스님은 없었다. 살 타는 냄새로 밤공기는 혼탁해지고 시뻘건 피비린내는 산사를 더욱 살벌하게 했다. 처참한 비명들이 흥건했다. 오랑캐의 발길이 닿고 두시각도 못 되어 판전은 불티와 폭음을 뒤로한 채 화염 속으로 사라져 갔다.

아아, 애통하다. 무인武人의 시대에 이백이십 년 사직이었던 대장경이 오랑캐의 하룻밤 불놀이로 재가 되었으니…… 십만 정예 기병과 천여 명 비구들의 백대 일 싸움은 얼마나 참혹하고 처절했을까. 혈궁은 패궁이 되었고 세월은 무심히 흘렀다. 하지만 동방의 등대, 대장경은 그 빛을 다하지 않았다. 백성의 마음과 일본국 난센사, 대마도에 미약한 불씨로 흩어져 살면서 부활의 꿈을 잊지 않았던 것이다.

무정한 천년 세월의 끝자락인 1967년 난센사에서 눈 밝은 학자를 운명처럼 만났다. 한일 두 나라의 뜻 높은 학자들은 인류정신의 장대함으로 꽃피었던 초조대장경의 흔적을 더듬고 보듬어 디지털이라는 새로운 그릇에 옮겨 담았다. 디지털 대장경은 국경을 초월한 정신이 만든 새로운 금구성언이다. 상생을 바라는 사람은 누구나 가까이 할 수 있으니 천년 서러움이 한바탕 꿈길인 양 무상하다.

보름이면 재회한다던 승용차는 스무날이 훨씬 지난 후에야 돌아왔다. 다른 몸을 빌렸음에도 말끔하고 단아하여 우울했던 상실감이 봄눈처럼 사라졌다. 지난날의 상처와 앞날의 희망을 감쪽같이 봉합한 정비공의 솜씨가 천의무봉이다. 또

---

* 금구성언 : 이규보(고려시대)가 초조대장경을 높여 칭한 말.

다시 험난한 길의 비바람을 막아 주고 낯선 곳의 안내자가 되어 줄 승용차를 어루만지며, 대장경의 장엄한 부활을 꿈꾸어 본다.

〈2011. 3.〉

사월

해마다 사월이 오면 나는 금호강변을 거닌다. 그러면 온몸이 푸릇한 생동감으로 싱그러워진다. 내가 돋아나는 새싹들을 처음으로 경이롭게 바라보았던 것은 2001년 봄, 교통사고로 2개월의 병가를 얻어 쉬고 있을 때였다. 사고 후유증으로 아픈 머리를 식히려 강변을 거닐며 만났던 사월의 봄은 잠든 내면을 깨우는 종소리였다. 민들레 제비꽃이 피어나고, 가지 끝마다 물오르던 벚나무 버드나무가 남실거리던 그때의 풍경은 지금까지도 생생하다.

어느 시대나 마찬가지이지만 그때도 변화를 부르짖었다. 민선2기 구청장은 팔공산으로 둘러싸인 지형적 특성을 살려 '대구 동구' 라는 구區이름을 팔공구로 바꾸려고 했다. 주민

동의가 80% 넘도록 홍보하라는 지시에 따라 안심지역 반상회에 참석을 했다. 직원들과 함께 홍보지를 나누어 주고 열심히 설명을 한 덕에 90% 가까운 동의를 얻었다. 하지만 나는, 하수도 준설이나 주거환경 개선 같은 생활의 문제를 밀쳐두고 행정의 외형에 수십억의 예산을 쏟아 넣는 것이 못마땅했다.

돌아오는 차안에서 이런 저런 불만을 내뱉었다. 하루 살기도 힘든 저소득층이 많은 지역인데 아무짝에도 득이 없는 '구' 명칭이나 바꾼다면서 볼멘소리를 하고 있을 때였다. 갑자기 '퍽' 하는 둔탁음이 들리는 동시에 나는 의식을 잃었다.

운전을 하던 동료가 급하게 유턴을 하려다가 반대편에서 달려오는 차량과 심하게 부딪힌 것이다. 차는 폐차되었고, 뇌진탕으로 쓰러진 나는 구급차에 실려 병원으로 옮겨졌다. 코뼈가 부러지고 온몸에 타박상을 입었다. 하지만 드러난 상처는 보이지 않는 상처에 비하면 아무것도 아니었다. 정신을 잃은 뒤 다섯 시간 만에 깨어나니 기억력에 문제가 생겼다.

신경정신과 치료를 받는 삼 개월 동안 순간순간의 기억 상실을 수시로 확인했다. 철렁, 가슴이 내려앉았지만 충격마저도 잠시였다. 당시의 내 감각과 생각은 바람처럼 지나가버려, 기억상실이라는 충격마저도 고민으로 연결되지 않았다. 의식이 멀쩡했다면 무척 답답했을 일이다.

뇌진탕은 많은 후유증을 가져왔다. 가장 두려웠던 건 실체감을 느낄 수 없는 일이었다. 목숨 보다 소중한 아들을 안았는데 양팔로 공기를 감싼 듯 전혀 부피감이 없었다. 놀라서 얼결에 아이를 강하게 밀쳤다. 내동댕이쳐진 아이가 소스라치게 울었다. 달려가 보듬고 싶었지만 내 손이 닿으면 아들이 연기처럼 사라져버릴 것 같았다. 안타까웠지만 속수무책이었다. 그저 바라볼 수밖에 없었다.

또 이런 일도 있었다. 불안한 가슴을 진정시키려 우황청심환을 먹었을 때였다. 한참을 씹었는데도 삼켜지지 않아 뱉어보니 환과 은박지, 플라스틱통이 함께 짓이겨져 있었다. 플라스틱과 은박지를 구분할 능력이 없었던 것이다. 사물에 대한 변별력을 잃고 겨우 목숨만 부지하고 있다는 당혹감은 섬뜩했다. 마른하늘의 날벼락처럼 두려웠다. 눈물이 핑 돌았다.

뜬금없는 환상도 보였다. 몸뚱이는 없고 산발한 머리만 가진 귀신들이 천정에 떠다녔다. 공포를 피해서 겨우 잠을 청하면 꿈속에선 선혈이 질펀한 풍경이 나타났다. 집안 구석구석에서 귀신이 불쑥불쑥 나타났다. 소름이 끼치고 무서웠지만 유치원생이 있는 집에서 내가 할 수 있는 건 마냥 견디는 것뿐이었다. 소리내어 울고 싶었지만 마음뿐이었다. 누군가에게 위로 받고 싶은 날들이었다.

사고 후 한달이 지나면서 금호강변을 거닐기 시작했다. 두려움과 막막함에서 벗어나고 싶기도 했지만, 직장에서 받은 휴가가 끝나가는 것에 대한 초조함이 나를 강변으로 몰아냈다. 금방 했던 말도 기억하지 못하는 상태로 출근을 할 수는 없었다. 짙은 안개처럼 답답한 기억 속으로 맑은 기운을 불어넣어야 했다. 흐려진 의식을 추슬러야 한다는 조급함으로 매일 강변을 찾았다.

사월의 강변이 게슴츠레 깨어나고 있었다. 나뭇가지에 돋아나는 새순들이 다닥다닥, 깨알 같았다. 꽃샘바람에 혹여 새순들이 얼까봐 가지들은 사뭇 분주한 몸짓이었다. 앙탈을 부리는 바람에 맞추어 흔들리면서도 여린 생명들을 안으로 꽉 품었다. 갓 눈뜨는 생명을 보듬는 나무들의 치열한 사랑에 코끝이 시큰했다.

나는 한 그루의 나무가 되어 강변에 섰다. 다섯 살과 여섯 살 어린 내 아이들이 일상을 이탈한 엄마의 성긴 사랑에 매달려 흔들리고 있었다. 제 몸도 견디기 힘든 세찬 바람에도 깨알같이 붙은 여린 싹들을 보호하려는 지독한 사랑이 눈물겨웠다. 나무들은 찾아온 시련과 당당히 마주서 새순을 키워 내는데, 사지가 멀쩡한 나는 사고를 핑계 삼아 아이 키우는 중요함을 외면하고 있지 않은가.

봄이 저만치 왔는데 뭘 하고 있냐고 바람이 속살대니, 강변 곳곳에서 일제히 수런거리는 생명의 소리들이 들렸다. 어린 새싹들이 사방에서 불을 밝혔다. 고요한 듯 분주히, 가벼운 듯 엄숙하게 새싹들은 제 빛을 키우기 시작했다. 나무마다 연두색 불을 밝히니 강변이 환했다. 무성한 여름을 향한 출발선이 활기로 넘실댔다.

강변을 바라보고 섰자니 가슴이 뛰었다. 제 몸 하나 추스르지 못하는 환자가 되고서야 나는, 내 속에서 꿈틀거리는 생명의 몸짓을 만날 수 있었다. 생활을 향한 용기와 희망도 마음이 피워내는 꽃임을, 혼자 거닐던 강변의 봄이 나에게 깨우쳐 주었다. 다채로운 생명으로 경이롭던 강변의 사월은 삶의 의지를 힘차게 피어 올렸다.

지금도 사월이 오면 나는, 금호강변을 거닌다.

〈2009. 4.〉

원시遠始의 아침

새 소리가 새벽을 깨운다. 어두운 산빛을 깨친다. 오월이 되면서부터 베란다 쪽에서 들려오던 새소리가 칠월이 되니 사방에서 들려온다. 호리릭 호리호릿, 삐익삐삐 삐리릭, 찌리릭 찌익 찌찌……. 흉내 낼 수 없는 소리들이 팔공산 자락마다 가득하다. 여명이 펴지는 날에는 맑은 재잘거림으로, 비가 내리면 마른자리를 찾는 웅얼거림으로 부산하다. 인시寅時에서 묘시卯時로 넘어가는 이맘때면 산새들이 잠에서 깨어난다. 아직 사람들은 깨어나지 않은 시간, 창가에 홀로 서서 새소리를 듣는 것은 참으로 황홀한 일이다.

문득 어깨에서 머리끝으로 일어서는 청량한 기운으로 겨드랑이에 날개가 돋는 듯하다. 눈을 감고 있던 몸이 티끌처럼 가벼워져 공중을 날아다닌다. 까닭모를 미소가 온몸에 번져 오는 걸 보니, 사람 사는 잡다한 일에는 무심한 새들의 소리가 일상으로부터 나를 분리시키고 있음이렷다.

저 해맑은 소리들은 어디서 왔을까. 먼 옛날 지구라는 별이 숲을 키우면서부터 오늘 아침에 이르기까지 변함없이 들려오는 소리가 아니던가. 사랑은 나누고 미움은 허공으로 흩어버리는 상생을 하라는 태초의 음성이다. 태초의 소리가 우리 가까이에 생생하게 살아 있음은 놀라운 일이다. 태초에도 새소리는 오늘과 같은 음성으로 새벽을 깨쳤을 것이다. 새벽의 새소리, 벌레소리, 비 내리는 소리들은 태고적 원형을 간직한 영원의 모습이다.

빠르게 변해가는 생활에 몸과 마음을 빼앗겨 오랫동안 잊고 살았던 원시의 음성을 새벽 창가에 홀로 서서 듣는다. 먼 옛날의 소리를 듣고 있자니 지난 일들이 새록새록 돋아난다. 어둠이 가시지 않은 숲속, 새들의 소리가 마음을 지나 세월 속으로 잠겨든다.

모든 것이 시시각각으로 변해왔다. 머리에는 이고 양손에는 보따리를 들고 산길을 걸어 읍내 시장을 다니던 젊었던 어머니가 요양병원의 늙은 환자가 되었다. 서둘러 들어간 직장에서 우연히 만난 남자와 한 지붕 아래서 아이 둘을 낳고 대들보로 머물러 산다. 첫 생리혈을 보고 어찌할 바를 몰랐는데 그때의 나만큼 자란 소녀를 자식으로 두고 있다. 바쁜 생활 사이로 사라져가는 시간을 따뜻하게 바라본 적이 언제였던가.

내게 말을 걸고 싶어하던 마음을 가만가만 깨워오는 새소리가 반갑다. 조금만 느리게 가도 좋은데 바쁜 일상에 떠밀리듯 쫓겨다니다 나를 잃었다. 사람이 살아가는 데 가장 소중한 따뜻한 마음을 내치고, 눈빛은 탐욕스러워졌다. 바라던 것들을 하나씩 얻는데도 갈수록 비워지는 가슴이 허전하다. 지척에 두고도 고마움을 전하지 못한 사람들, 그리움은 쉽게 지워버리고, 미안함은 슬쩍 묻어버린 기억들, 생활을 핑계 삼아 유예시켜 놓은 꿈……. 이런 것들을 새벽 새소리가 하나씩 불러온다.

고요히 눈을 감고 생각해보면, 행복할 수 있는 일들이 넝쿨째 굴러다니는데도 일상에 끌려 다니느라 많은 것을 잃는다. 마음을 내려놓을 여유가 생활의 틈에서 질식한다. 예측하지 못하는 것들로 가득한 게 살아가는 일이다. 어제는 오늘을 지배하는 것 같지만, 기대하는 내일로 연결되지 않는다. 어제와 같은 것이 없으며 원하는 내일이 와 주는 것도 아닌데 우리는 늘 바쁘게 허우적댄다.

새벽 새소리가 들려주는 말에 다시 귀 기울인다. 내가 자유로우면 주위가 자유롭고, 하루가 행복하면 천년이 행복하다는 메시지가 허공에 떠다닌다. 만물은 탄생하거나 소멸되어지는 것이 아니라 단지 변해간다. 무에서 유가 되는 탄생도, 유에서 무로 돌아가는 죽음도, 전혀 새롭게 태어난 것이 아니며 완전한 무로 사라진 것도 아니다. 변했을 뿐이다. 모든 것이 무상無常이다.

무상은 세상 만물을 성장시키고, 성장한 것들을 퇴화시킨다. 없던 것을 있게 하고, 있던 것을 사라지게 하기도 한다. 또, 무상은 뜻하지 않은 구속을 가져오기도 하며 피해가고 싶은 이별과 예고 없이 맞닥뜨리게도 한다. 그렇지만 무상은 무한無限한 성장 동력이며 영원을 약속하는 희망이다.

무상은 우리 삶의 원시遠始다. 그러니 우리는 발 딛고 선 '지금'에 마음을 다해 살아야 한다. 푸른 산빛, 맑은 바람이 서로를 깨치는 원시의 새벽도 천년의 세월 속으로 들어서고 있잖은가. 창가에 선 나도 지금 천년의 세월속으로 간다.

이른 새벽에 홀로 깨어 원시와 마주하는 것은 외롭지만 황홀한 일이다.

〈2009. 7.〉

낯선 호의

삼월 초하룻날 밤이다. 속이 불편해 운동을 나선다. 마을 안쪽의 신숭겸 장군 유적지에서 응애산 고개까지 이어지는 팔공산 한시골이다. 비가 온 탓인지 발길이 뜸하다. 밤길 여성들의 사건 사고가 연일 보도되고 있어 약간 무섭다. 하지만 소화불량으로 끙끙거리기보단 무서움을 참고 운동을 하는 게 낫다. 약속이 많은 휴일이라 옆집 아줌마도, 남편도 없이 혼자 길 위에 선다.

신숭겸 장군 유적지를 지나 산길로 들어선다. 줄지어 선 소나무가 맑은 공기를 더해주어 답답한 속이 조금 후련해진다. 굽이진 첫 모퉁이를 돌아서니 아파트 불빛이 일시에 가려진다. 어두한 길이다. 하늘도 어둡다. 드문드문 있는 가로등 불빛을 비집고 개울물 소리가 달려든다. 물소리를 들으며 조금

오르니 무당집이다. 그 집 무속인이 여자인지 남자인지도 모른다. 다만 한여름이나 초가을 밤에 "징징징" 죽은 이를 부르는 굿 소리가 들려 '사람이 사는구나' 짐작만 한다. 북과 징, 꽹과리가 어우러지는 장단은 생과 사의 모호한 경계 같다. 내가 사는 일상과는 확연히 다른 이상한 기운에 주눅이 들기도 하지만 사람이 산다는 사실은 무서운 밤길에 위로가 된다. 그런데 오늘밤은 불빛만 희끄무레하다. 대나무 울타리로 둘러싸인 회색 슬레이트 지붕만 어둠 속에 조용하다.

적막 가운데 댓잎 부딪는 소리가 소슬하다. 슬근슬근 무서움이 기어든다. 뒤돌아보니 사람은 없고 어둠만 질펀하다. 되돌아갈까 망설이는데 앞쪽 굽이진 길을 막 벗어나 내려오는 여인이 보인다. 무서움이 가신다. 올라가는 사람이 있더냐고 물으니 그렇다고 한다. 자기 휴대폰으로 시간을 확인한 여인은 최씨 문중 제실까진 갔다 올 수 있겠다며 웃는다. 제실은 왕복 사십 분 거리다.

이왕 내친김이니 그 정도는 걸어야 답답한 속이 뚫릴 것이다. 자주 다니는 동네 길이니 별일이야 있겠는가. 앞으로 걸어가며 가끔 뒤돌아본다. 여전히 올라오는 사람은 없다. 아홉 시도 안 된 초저녁이니 곧 사람들이 올 것이다. 가끔 내려오는 사람도 보인다. 마을과 제실 중간쯤의 저수지에 이르렀다. 제방의 벚나무 밑 벤치가 비었다. 저수지 옆 밤공기도 깊게 가라앉았다. 인기척 없는 저주지 옆에 홀로 서니 찬물을 끼얹는 듯한 무서움이 머리끝까지 뻗친다. 갈까 말까 망설이는데, 어둠 저쪽에서 뚜벅뚜벅 남자가 걸어온다. 땅땅하고 다부져 보이는 몸매다. 중년은 넘었을 듯하다. 그럼 그렇지, 아직은 운동을 할 시간인데 뭘? 사내와 엇갈려 지나며 애써 마음을 다잡는다.

잰걸음을 옮기며 제실까지 갔다 올 시간을 가늠하니 이십 분은 걸린다. 사내는 멀어져 보이지 않고 앞쪽으로 웅크린 나무숲만 깜깜하다. 길은 다시 적막강산이다. 걸음이 빨라지고 숨이 가빠온다. 여기엔 멧돼지도 나온다던데……. 갑자기 산책로 왼쪽에서 이상한 소리가 난다. 덩치 큰 짐승의 발걸음 소리 같기도 하고, 성질 급한 고라니가 산비탈로 내려서는 것도 같다. 어쨌든 밤길에 혼자 만나는 산짐승은 무섭다. 입안이 바짝바짝 마르고 손바닥에서 땀이 난다. 운동도 좋지만. 오늘은 도저히 안 되겠다. 저 숲 앞 전봇대까지만 가야겠다.

그만 가야겠다는 생각보다 몸이 재빨랐다. 전봇대까지는커녕 곧바로 뒤돌아서 내달린다. 조금 전에 헤어진 사내라도 따라잡아야 마음이 놓이겠다. 등 쪽 어둠 속에서 검은 털이 숭숭한 갈고리 손이 불쑥 뻗어나와 목덜미를 낚아챌 것 같다. 머리카락이 쭈뼛쭈뼛 일어선다. 저수지 안쪽 제방에서 뭔가 '주르르' 굴러 내린다. 설상가상이란 이런 경우를 두고 하는 말인가. 혼자 다니는 여자를 납치하려고 숨어있던 나쁜 사람이 목표했던 대상이 도망가니 당황했나 보다. 놓치지 않으려 급하게 뛰어나오느라 실수를 한 모양이다. 갑작스럽게 흘러내리는 돌소리가 분명하다. 아악, 비명이 터졌다. 소리 없는 아우성이 산골짝을 넘쳐흐른다. 산책로가 쿵쿵 울리도록 달린다. 아마도 대입 체력검사 이후에 가장 빠르게 달리는 것이리라.

앞서 내려갔던 사내의 실루엣이 저만큼 보였다. 고함을 치면 금방 달려올 수 있는 거리다. 이제 산책길에는 아저씨와 나, 둘 뿐이다. 후유 안도의 숨을 내쉬며 바짝 다가섰다. 무서움이 다소 사그라지는데 아저씨가 멈칫 뒤돌아본다. 헉, 이런! 어두운 밤길에서 낯선 남자의 시선을 오롯이 끌었다니. 또 다른 두려움에 휩싸인다. 봄밤에 벙거지 모자를 깊숙이 눌러쓰고, 커다란 배낭까지 둘러맨 사람이 동네 산책로를 혼자 걸을 리는 없다. 아무래도 수상하다. 얼른 속도를 늦추고 적당한 거리로 떨어졌다. 이제 무슨 일이 생기면 어떡하나. 흉악한 사건 사고는 밤길 여자 혼자일 경우가 많잖은가. 전전긍긍 속이 탄다. 걷지도 달리지도 못하고 어정쩡하게 뒤따라 걷는다.

아! 다행이다. 무당집을 지나 올라오고 있는 사람이 어렴풋이 보인다. 신이시여 감사합니다. 오늘의 마지막 산책자이리

라. 혼자 오면서도 씩씩하게 걸음을 옮기는 모양이 믿음직하다. 뛸 듯 반가웠다. 위로가 된다. 웃음 머금은 얼굴로 재빠르게 다가섰다. 아뿔싸! 가까이서 본 옷차림과 몸매로는 여자인지 남자인지도 모를 사람이다. 게게 풀린 느슨한 표정에서 분출되는 야릇한 웃음이 얼굴에 만연하다. 어둠 속에서도 단박에 비정상인 임을 알 수 있다. 화들짝 놀라 엉겁결에 벙거지를 쓴 사내 쪽으로 다시 바싹 붙는다. 도대체 이 길은 언제 끝난단 말인가.

애면글면 무당집까지 왔다. 여전히 불빛은 흐리고 댓잎 소리는 소슬하다. 잔뜩 긴장한 걸음으로 소나무 모퉁이를 돌아섰다. 아아, 세상 어느 별이 저렇게 따뜻할까. 아파트 불빛은 은하계에서 가장 아름다운 별이리라. 고맙고 반가워 눈물이 찔끔 흐른다. 콩닥거리는 가슴과는 달리 발걸음은 이내 느슨해진다. 신숭겸 장군 유적지 앞을 오가는 해사한 발길이 봄밤에 피는 복사꽃 같다.

"무서워 그렇게 뛰었지요?"

벙거지를 눌러 쓴 사내가 돌아보며 웃는다. 동네에 들어서니 흉악범 같던 사내도 순한 양처럼 보인다. 오래전부터 알았던 사람인 듯 가볍게 대꾸한다.

"네, 저수지 쪽에서 이상한 소리가 나서……."

"동네인데 뭐가 무서우세요? 천천히 걸으라고 말하려다 그만두었어요. 무서워 뛰는 사람한테 낯선 남자가 말을 걸면 더 놀랄 것 같았거든요."

아하! 어쩌면 우리는 낯선 사람들이 베푸는 잊혀지는 '호의' 속에서 일생을 살아가는지도 모를 일이다.

〈2012. 4.〉

퓨전의 시대

가을과 겨울이 비껴가는 길목, 십일월이었다. 팔공로 파군재 삼거리에는 차가운 바람이 무시로 일고, 플라타너스 넓은 잎은 제멋대로 흩날렸다. 비에 젖은 아스팔트는 한층 썰렁하고 을씨년스러웠다. 흐린 날씨 탓에 일찍부터 어스름이 깔린 도로는 차가웠다. 승용차 문을 굳게 잠그고 파계사 방향 좌회전 신호가 들어오기를 기다리며 차창 밖으로 눈길을 돌렸다. 몸이 불편해 보이는 아저씨는 그날도 여전히 뛰다시피 부지런히 걸음을 옮겨 다녔다. 빛바랜 국방색 잠바와 헐렁한 회색 바지, 손목 아래가 잘려나간 오른팔엔 뻥튀기 전병 오란다 등이 들어있는 바구니가 걸쳐있다.

아파트 주민들이 하루의 피곤을 부려 놓으러 돌아오는 저녁시간이다. 가족이 있는 팔공산 기슭의 둥지로 돌아오는 운

전자 대부분은 자식이 하나 아니면 둘 뿐일 거다. 누구에게나 귀한 자식이고 더욱이 웰빙 바람이 전국을 강타하는 요즘에 길거리의 허접한 과자를 살 사람은 거의 없다. 신호대기는 짧다. 몸이 불편한 아저씨는 차량이 늘어선 길을 급하게 뛰어다니지만, 차 안의 사람들은 관심이 없다. 창문을 열고 아저씨를 부르는 사람이 없다. 키가 작고 입 매무새가 비뚤어진 아저씨는, 늘 이 곳에서 정체된 차량을 대상으로 싸구려 과자를 판다.

좌회전 신호가 들어왔다. 차량들은 급하게 떠났다. 뒤따르던 내 차가 좌회전을 하려는 순간, 신호가 바뀌었다. 나를 선두로 달리던 차들이 다시 멈추어 서며 도열했다. 아저씨는 방향을 바꾸어 차량 행렬의 끝에서 앞으로 뛰다시피 바구니를 덜렁거리며 걸었지만 역시 과자를 사려는 사람은 없었다. 바삐 걸어온 숨을 고르려는 심사였는지 아저씨는 제일 앞쪽의 내 차 옆에 멈췄다. 아저씨를 좇던 내 시선과 지친 아저씨의 눈길이 마주쳤다. 나는 얼결에 창문을 내리고 먹지도 않을 뻥튀기 한 봉지를 샀다. 이천 원이었다.

언어장애라도 있는 건가. 감사하다는 어눌한 인사가 뻥튀기 과자 부스러기처럼 차 안으로 날아들며 흩어졌다. 인사와 동시에 종종걸음으로 멀어져 가는데, 손목 아래가 없는 팔에 걸린 허름한 바구니가 도열한 승용차와 함께 백미러 안에서 밀접하게 좁혀졌다. 별개의 삶이 서로 다른 색깔로 만나는 지점이다. 굳게 문을 닫은 자동차의 주인과 그들을 향해 아우성치는 소리없는 몸짓의 아저씨가 한점으로 만나고 있다. 너무 다른 풍경이 한 시점에 공존한다. 천민 춘향과 양반 이몽룡이 만났던 지점도 저 어디쯤일까.

현대는 퓨전의 시대다. 다른 두 종류 이상의 것이 만나서 새로운 문화를 다양하게 만든다. 먹거리, 음악, 미술, 패션스타일 등 퓨전의 영역은 다양하다. 심지어는 사람의 생명을 다루는 양·한방 의료까지 퓨전바람이다. 협진協診을 허용하고 진료도 프리랜스 제도를 도입한다는 입법안이 추진 중이다 하니 현대는 확실히 퓨전의 시대다. 모든 가치를 평등하게 인정해 좋은 점은 취하고 나쁜 점은 보완하자는 아름다운 생각이 퓨전이다.

퓨전을 가능하게 하는 것은 서로에 대한 신뢰와 사랑 때문이다. 기생 춘향과 양반 이몽룡도 사랑이 신분의 벽을 허물었듯, 사회 문화 전반의 퓨전도 신뢰와 사랑이 출발점이 되었을 것이다. 서로의 경계를 허무는 것이 사랑이라면 빈貧과 부富라는 양극을 완만하게 허물어버릴 마음의 퓨전은 어디에 있는 걸까.

사회·문화적 행태의 퓨전은 다양해서 흐뭇한데, 빈과 부라는 실존적 경제 현상은 퓨전의 미학에서 멀어지고만 있다. 네가 외면한 것조차 나는 가질 수 없고, 내가 죽기로 소원하는 걸 너는 함부로 짓밟는 일이 흔한 시대다. 쓸쓸하고 남루해진 아픔들이 생활 주변, 구석구석에서 검은 그림자의 씨앗으로 뿌려지고 있다. 가진 것의 많고 적음이 만들어 낸 구별과 외면이 일상의 평화를 위협한다. 빈부, 귀천을 따지지 않는 배려와 웃음이 조화된 퓨전문화가 유행한다면, 행복지수가 높아질 것이다. 에리히 프롬은 일찍이 인생은 풍부하게 소유하는 것이 아니라 풍성하게 존재해야 행복하다고 설파하지 않았는가. 우리 시대의 가장 행복한 퓨전은 역지사지易地思之의 이해와 베풂이 아닐까.

아무렇게나 걸쳐진 바구니를 덜렁거리며 멀어지던 초라한 실루엣조차 백미러에서 사라졌다. 퇴근길이 어두워 졌다.

〈2009. 11. 대구신문〉

생生의 변증

죽지 않고 살아 있다니, 놀랍다. 지난 이십오 년 간 갖은 처방과 치료, 둘째가라면 서러울 최신 의약품을 수시로 사용했지만 발톱은 살아날 기미가 없었다. 그렇다고 놈이 흔적 없이 사라진 것도 아니어서 발가락은 만성 질환자처럼 수시로 고통을 받았다. 질기기가 고래 심줄같던 놈이 관심 밖으로 밀려난 건, 고등학생 아들이 심각하게 꼬인 친구 문제로 애면글면하던 때였다. 대화와 설득, 상담 선생님을 만나러 다니느라 정신이 없던 두세 달 남짓 동안 생각지도 않은 일이 일어났다. 놈이 사라진 것이다.

중지 발가락에 갓난아이의 것과 같은 해맑은 발톱이 방싯댔다. 믿기지가 않았다. 바라볼수록 신기하고 기특했다. 하루도 빤한 날 없이 줄기차게 긁아대더니 난데없는 참변이라도

당한 걸까. 어떻든 나는, 놈의 숨통이 끊어지고 기대하지도 않았던 새 생명이 자라고 있으니 춤이라도 출 듯 기뻤다. 해사한 빛이 감도는 말간 발톱이 내 것이라니, 꿈만 같다. 정말이지, 세상은 오래 참고 견뎌 볼 만한 곳이다.

놈이 내 삶에 끼어든 건, 판매액의 10%를 준다는 월부 책장사에 매료되어 외판사원을 하던 열아홉 시절이었다. 현장교육을 며칠 받고, 대구의 낯선 골목에서 고객을 찾아 나섰다. 마치 장마철이라 구석구석 흙탕물이 범람했다. 배수시설이 좋지 않아 하수도가 역류하기도 했다. 나는 물이 잘 빠지게 앞뒤가 훤하게 트인 샌들을 신었다. 온갖 것들이 뒤섞여 흘렀을 물에 맨발을 담그고 다니는 동안, 놈은 보드라운 피부에 스며들어 난공불락의 진을 쳤다. 의기양양 덤벼들다 강력한 반격에 부딪치면 물러섰다가 다시 공격하기를 수천 번, 기어이 발가락 사이를 점령지로 만들었다.

제 모습을 숨기고 기어들어 처음에는 몰랐다. 며칠이 지나자 발가락이 근질거렸다. 긁다가 소금물로 씻고 연고를 몇 차례 바르니 괜찮았다. 그러다 며칠 무심하면 또 가려워지고 짓물렀다. 보이지도 잡히지도 않는 놈은 사라졌다 나타나기를 반복하며 긴 세월의 기생을 시작했다. 부지런히 약을 먹고 바르면 발가락 사이 피부는 더러 낫기도 했지만, 억세고 단단한 발톱은 백전백패였다. 백약이 무효였다. 교묘한 눈속임으로 번식을 계속해대니 철옹성 이었을 발톱마저도 허물어 내렸다. 발톱끝이 퍼슬퍼슬 갈라지며 허옇게 피어, 마치 미친 노파의 봉두난발 같았다.

놈들은 왼발 중지가 아지트였는지 끈질기게 공격을 감행했고, 발톱을 뿌리까지 초토화시켰다. 알레르기 비염 같은 근질거림이 늘 발가락 사이를 돌아다녔다. 노심초사 어르고 달래면서 고약한 성질을 건들지 않으려 애썼다. 아무리 비위를 맞춰 다독여 놓아도 밤만 되면 족제비 만난 암닭처럼 정신없이 들까불며 간질었다. 극심한 가려움증을 참지 못해 자다가 벌떡 일어나 면도칼로 들쑤시면 발가락은 피투성이가 되었다. 반복되는 칼질에 쑥대밭이 된 살갗마다 진물이 흐르며 문드러진 몰골은 문둥병의 상처 같았다. 형체도 없는 놈에게 맥없이 밀리는 내 몰골이 시답잖고 부끄러워, 마흔넷의 중년이 되기까지 장장 이십오 년 동안 감추고, 덮고, 숨기기에 급급했다.

원상회복은 포기했다. 혹여 걷지도 못하게 될까 봐 걱정이 되어 습관적으로 연고를 덧칠했다. 그렇게 이십여 년을 보내는 동안 왼 중지 발톱은 총칼 없는 패잔병이 되어 존재감을 잃었다. 제 모양이나 역할에서 벗어나면 물건이나 사람이나 사랑을 받지 못하는 법. 기형의 발톱도 시나브로 관심 밖으로 밀려났다. 발톱과 함께 놈의 존재도 은근히 무시하는 경지까지 올랐는데 난데없이 새 발톱이 돋았으니, 귀신이 곡할 노릇이지 않는가.

하기야 예측 불가한 일이 어디 그뿐이랴. 태양빛 쨍쨍 내리쬐던 여름 한낮의 갑작스런 소나기나 마른하늘의 날벼락도 뜻밖의 일이다. 한겨울, 베란다 배수구에 눌러 붙어 줄기를 키워 올리던 이름모를 풀, 가을에 만났던 샛노란 개나리도 의외의 풍경이다.

산과 물 하늘만 아니라 사람살이에도 난데없음은 심심찮게 나타난다. 새벽녘 콘크리트 바닥으로 뛰어내린 딸의 주검을 안고 울부짖던 친구, 막걸리 병에 든 농약을 들이마신 고모부, 밤 늦은 귀갓길에 뒤통수를 얻어맞고 실신했던 시숙에 이르기까지 시공을 가리지 않고 종횡무진 하는 게 '난데없음' 이다. 재미삼아 응시한 시험의 합격이나 복권 당첨 같은 좋은 일 뿐만 아니라, 불의의 사고로 실명하거나 앉은뱅이가 되는 일도 그렇고, 태어나고 죽는 인간의 원초적인 존재방식까지도 예측 불가한 '난데없음' 의 현현이다.

'난데없음' 은 갑자기 불쑥 나타나 어디서 왔는지 알 수 없다는 뜻의 형용사다. 품사 자체가 대상의 구체성이나 실존성

과는 관계없는 상태나 현상을 설명하는 것처럼, 단어의 뜻 역시 두루뭉실, 적당히 뭉뚱그린 의미로 실체가 없다. 하지만 좀 더 깊은 시선으로 꼼꼼히 살펴보면 '난데없음' 이 정말 하늘에서 뚝 떨어지거나, 땅에서 불끈 솟아난 무소불위나 무원고립이 아님을 알게 된다. 오랜 습관이나 인식하지 못한 어떤 습성들이 알아채지 못할 만큼 조금씩, 사건이나 사고를 키워 왔기 마련이다.

내 왼발 중지 발톱도 마찬가지다. 이십오 년 동안 생사의 경계에서 밀고 당기며 미세한 숨결로 살아나고 있었는데 아무도 눈치 채지 못했을 뿐이다. 포기하고 내동댕이쳤건만 저 혼자, 기억 속 원형을 찾아 죽음의 고지를 수만 번 넘었을 것이다. 장하다. 죽지 못해 살면서도 발톱끝에 먼지 같은 하찮은 희망을 부여잡고, 더 나은 세계를 꿈꾸어 왔기에 맞이한 시간이다. 밑도 끝도 없이 불쑥 나타난 우연한 행운이 아니다.

놈이 살아 발가락을 간질일 때도, 잠시 사라져 평화로울 때도 삶과 죽음은 동일한 밀도로 발톱 주위를 맴돌았다. 아니 애당초 삶과 죽음은 뚜렷한 상반이 아니라, 공생을 거듭하는 화해였는지도 모른다. 밀고 당기면서 조금씩 변하며 발전하는 우리네 삶처럼 말이다. 거친 태풍에 뒤집어졌던 산책길 소나무처럼 발톱이 뿌리 채 생을 포기했다면, 이제 와 새살이 돋을 리가 만무하다. 지독한 고통과 인내가 따르겠지만, 포기

하지 않는 희망만이 윤기 반들거리는 생명으로 다시 사는 것임을 새삼 깨달았다. 혹한을 이겨낸 가지만이 진달래 붉은 꽃망울을 피워내듯, 우리는 상반의 경계를 변화시키며 살아가는 변증의 호모사피엔스다.

〈2012. 12.〉

서사장

가슴이 설렜다. 이십년을 기다리던 일이 우연찮게 찾아왔다. 내 방이 딸린 집을 구하게 된다는 기쁨은 무리한 경제적 부담도 뒷전으로 밀쳤다. 생각지도 않았던 산 능선의 풍성한 자태가 거실로 쓱 들어 앉아 청아하니, 더 이상 생각해 볼 것도 없었다. 혹 다른 사람이 먼저 계약을 할까 노심초사하며 부르는 내로 값을 지불했다.

인테리어를 해 줄 서사장은 이사할 집 이곳저곳을 살폈다. 넓은 거실 왼쪽 공간엔 원목 장식장을 짜 넣고, 딸아이 방 한쪽에는 전신을 비추는 거울을 붙인 행거로 장식할 거라 했다. 또 내 방에 둘 책장은 소나무를 두껍게 켜서 만들면 솔향기가 오래도록 은은할 거라 했다. 베란다 쪽으로 난 아치형의 벽은 멋진 전경을 훼손하지 않도록 재정리를 해야 하며, 화장실 출입문 재질은 특별한 걸로 마감해야 습기를 막을 수 있다는 둥, 그야말로 전문가였다. 나는 생각지도 못하던 새로운 구상을 설명하며, 노트에 기록했다. 줄자를 쭉 펴 길이와 넓이를 잰 수치도 꼼꼼하게 적어 넣었다. 일과 맞닥뜨린 서사장은 물 만난 물고기처럼 활기가 넘쳤다.

오래전부터 보아 온 외양과는 딴판이었다. 어딘지 불분명하고 밑도 끝도 없이 막연할 것 같던 이미지를 백팔십도 바꾸게 하는 전문 용어들을 쏟아냈다. 새로 살게 될 집의 조감이 예쁘게 그려져서 기분이 좋았다. 야무지고 여척 없을 공사 계획에 무슨 궁금증을 더한다거나, 의혹을 제기 할 순 없었다. 서사장에 대한 막연한 편견과 오해가 풀리는 순간이었다. 남편의 권유대로 인테리어 전체를 맡겼다. 계약서도 한 장 없이 공사금액의 일부를 선금으로 지불하고 일이 시작되었다. 남편과 서사장은 십년지기다.

남편보다 나이가 많은 서사장은 우리가 아침을 먹기도 훨씬 전부터 일을 시작했다. 주말에도 공사를 하는 바람에 나는 커피를 끓이고, 찌개를 만들어 나르며 격려하고 고마워했다. 공사장에 들를 때마다 몇 명의 인부들이 함께 있었다. 열흘이 지났다. 공사가 진척되지 않아 보였지만 내막을 모르니 그냥 지켜봤다. 그럴 리야 없겠지만 이사하는 날까지 공사가 지지부진할까 걱정하니, 쓸데없는 걱정일랑 묶어두라며 웃었다.

하기야 남편의 말대로 내가 공사에 대해 뭘 알겠는가. 그냥 잘 되고 있는 중이라 생각했다.

이삿날이 되었다. 베란다 창틀에는 한 짝의 문도 달려있지 않았다. 화장실엔 세면대도 변기도 없었다. 거실 한 쪽에는 공사 중에 뜯어낸 유리 문짝 두 개가 덩그렇다. 원목으로 장식장을 짜 넣겠다던 곳이다. 베란다 외벽에는 전등을 달지 않은 구멍마다 전깃줄 꾸러미들이 귀신 혓바닥처럼 어지럽게 늘어져 있었다. 문짝이 뜯겨져 나가고 페인트도 칠하지 않은 베란다 수납장엔 공사용 공구들이 너저분한 채로 가득했다.

십육일간의 아파트 내부 공사 소음을 견뎌 준 윗층 아래층 사람들이 새집 좀 보자며 구경삼아 오가는데 얼굴이 화끈거렸다. 블라우스 앞단추를 풀어 헤친 듯, 흘러내리는 처마 끈을 놓친 듯 민망했다. 친정 오빠와 언니는 앉을 자리가 없어 선 채로 돌아갔다. 공사판에나 굴러다닐 굵은 모래 알갱이들이 발밑에 밟혀 이삿짐센터 직원들은 신발을 신은 채 짐을 옮겼다. 말끔하게 사용되던 살림살이들이 전쟁터를 건넨 것처럼 후줄근해졌다. 난장판 같던 하루가 저물고 어둠이 내렸다. 그런데 이건 또 무슨 일인가. 보일러를 손 봐 놓지 않아 냉방에 이불을 깔았다. 꼬박 사흘을 냉방에 잤는데, 보일러 수리공도 쉬는 주말을 앞두고 이사를 했기 때문이었다.

서사장은 이사 다음날부터 출입이 드물어졌다. 몸이 아파 쉬어야 한다며 거실 전구만 갈아 끼우는데 하루, 하루는 씽크대 못만 박고, 또 하루는 선반만 달고는 가 버렸다. 공사 인부의 부주의로 깨진 미닫이 문 유리는 열흘이 넘도록 교체되지 않았다. 집을 비운 낮 동안 멋대로 공사를 해대니, 퇴근 후 청소를 하는 일도 만만찮았다. 반복되는 청소와 진척되지 않는 마무리 공사에 넌더리가 났지만 그냥 모른 척했다. 남편의 말대로 나름의 생각이 있으려니 여겼다.

이사 후 3주가 되던 주말이었다. 서사장은 계추가 있다며 시골에 일박이일을 다녀왔다. 몸이 낫은 것도 같았는데, 여전히 서두르는 기색은 없고 향후 계획들만 듬성듬성 쏟아냈다. 공사판 같은 집에서 한 달이 되어 갈 무렵이었다. 엘리베이터에서 만난 위층 할머니가 대체 공사는 언제 끝나느냐고 물었다. 나는 죄송해서 고개를 들지 못했다. 우리가 이사를 오는 바람에 난데없는 불편을 겪는 이웃 사람에게 미안해서 바깥 출입도 자제하던 차였다.

그날도 서사장은 종일 뚝딱거린 모양이었다. 현관을 들어서니 거실 TV와 쇼파에 먼지가 소복하다. 화가 난 나는 공사를 중단하라며 냅다 불쾌감을 쏟아냈다. 서사장은 일을 하다 보면 늦어질 수도 있는데 그렇게 화를 내면 일 하기가 싫어진다며 얼굴빛을 달리했다. 서사장은 다음날도 아무도 없는 집에 들러 공사를 했다. 깨진 유리를 바꿔 끼우고, 베란다 수납장엔 싯누런 베니아판으로 문을 만들어 붙여 놓았다. 들판에 지은 임시 창고용에나 어울릴 문과 뽀얗게 쌓인 먼지를 보자 나는 또 발끈 화가 치솟았다. 공사를 그만두고 정산을 하라고 짜증스럽게 말했다. 이사를 오고 5주째 들어서던 화요일이었다.

나의 질타가 서운했는지 다음날부터 서사장은 발길을 끊었다. 공사를 마무리 해 달라는 남편의 거듭되는 부탁도 들은 척 하지 않았다. 대금의 75%만 줬으니 공사를 중단하지는 못하리라. 기분이 나아지면 다시 오리라 여겼다. 순진한 내 확신을 비웃기라도 하듯 서사장은 연락이 끊겼다. 마무리가 덜 된 집에서 한달 넘게 기다려 줬는데, 싫은 감정 한번 드러냈다고 공사도 그만두고 자취를 감추리라곤 생각도 못했다.

90퍼센트가 끝난 공사의 뒷마무리를 하려는 사람은 없었다. 다부진 마무리가 한군데도 없는 뒷정리를 싫어하는 건 인지상정이리라. 속옷 고무줄이 늘어진 것 같은 불편함과 세수를 하지 않은 찝찝함으로 하루하루를 지냈다. 그러다 운좋게 성실한 사람을 만나 거실은 인테리어를 다시 했다. 제법 많은 돈이 들었다.

어제 밤이었다. 낯선 번호로부터 전화가 걸려왔다. 도배를 하고 공사대금을 받지 못한 당사자니 잔금을 바로 입금해 달라며 다그쳤다. 구두口頭로만 주고받았던 공사와 물품거래였다. 대금 일부가 남아있긴 하지만, 뒷마무리가 완료되면 서사장 앞으로 입금하겠노라 대답했다. 잔금은 커녕 예기치 않게 받았던 정신적, 육체적 스트레스에 대한 배상을 역으로 청구해야 할 판이라는 사족도 붙였다. 곧 씽크대, 샷시, 마루바닥 업자로부터 전화가 이어졌다. 그네들 모두 받은 선금보다 남은 잔금이 훨씬 많았다. 잔금을 줄 수 없노라는 설명을 반복하는 데 머리끝으로 화가 폭발할 지경이었다. 어제는 그네들도 나도 인내의 한계점에 도달했던 날이었나 보다.

돈 잃고 사람까지 잃는 경우도 부지기수인 시대다. 약간의 돈을 잃고, 서너 달 스트레스에 시달렸지만 나는 여전히 건강하고 고3 아들의 일상도 변함없다. 마음에 차진 않더라도 고달픈 몸 누일 수 있는 공간이 건재하니 얼마나 다행인가. 사십오년이란 세월의 강을 건너오면서 처음으로 만난 속내를 알 수 없는 서사장이다. 요지경세상이란 허언虛言이 아니구나 생각했다. 서사장은 지금도 행적이 묘연하다.

〈2013. 6.〉

4 부

덜컹거려도 함께

천만의 말씀 만만의 콩떡 / 없는 것 보단 낫다 / '나' 에게 위로를
내 속의 계륵 / 감쪽같은 도둑 / 마중물 / 우정이 할아버지 / 서럽던 날
오는 말이 미워도 가는 말이 고울 때 / 위대한 것은 말이 없다 / 거목巨木

천만의 말씀 만만의 콩떡

오전 열 시에 만나기로 했었다. 회원 간의 친목도 다지고 문화유산의 이해를 높여보자는 의견에 동의한 답사였다. 토요일이지만 일찍부터 서둘렀다. 학교 자율학습에 참여하는 고등학생 아들의 아침상을 차려주고 설거지 빨래, 청소. 이것저것 하다 보니 아홉 시가 넘었다. 새벽까지 술을 마신 남편은 그때까지 잠자리에 누워 있었다. 누워서도 출근을 해야 한다며 웅얼거렸지만, 귓등으로 넘겼다. 내가 맞춰야 할 시간은 충분했기에 라디오를 들으며 천천히 커피를 마셨다. 잠시의 여유가 넉넉했다.

잠자리에서 뒤척이던 남편이 시계를 보고 벌떡 일어났다. 빨리 나가자며 재촉을 했지만, 남편이 미웠던 나는 들은 척도 안 했다. 내 시간에 맞추어 아홉 시 이십 분에 차에 올랐다.

남편도 뒤따라 옆자리에 탔다. 말 한마디 없이 한참을 달렸다. 미안하다는 기색도 없이 남편은, 자신의 근무지를 거쳐서 가자고 했다. 멀지도 않은 거리인데 내려서 걸어가라며, 나는 싫은 내색을 했다. 얼추 시간을 맞추어 출발한 마음이 조급하기도 했지만, 만취의 후유증으로 식탁에도 앉지 않고 뒹굴던 모습에 대한 불만이 앞섰다. 하루 이틀 일도 아니지만 그런 모습과 마주할 때마다 신경이 날카로워진다. 고칠 수 없는 알코올 중독이라 여겨 마음을 접으려고 애를 쓰지만 번번이 실패했다.

남편은 단번에 반격을 해왔다. 꾸물거리는 '나' 때문에 늦었는데 자신에게 몹쓸 덤터기를 씌운다고 화를 냈다. 적반하장이다. 내가 화를 내는 이유에는 관심이 없다. 같은 방향이라 차비 한푼이라도 아끼려고 동승을 했는데 무슨 여자가 이러냐며 고함을 질렀다. 나도 지지 않았다. 술만 보면 정신을 못 차리는 당신 때문이다. 술을 마시느라 차를 두고 다니니 이렇지 않느냐. 왜 당신 일정을 내게 맞추느냐. 나는 목소리를 높이지 않고 차분하게 대구를 했다.

다혈질인 남편은 화를 참지 못하고 조수석 앞 차체를 두어번 발로 찼다. 그렇게 치장해서 바람피우러 가느냐, 앞으로는 자기 월급통장에서는 한 푼도 빼가지 말라고 했다. 억지를 부려도 유분수지. 시누이가 재혼을 하니 여자 남자가 만나면 모두 연애를 한다고 여기는지, 어처구니가 없어 변명도 안했다. 하지만 돈을 가져가지 말라는 건 분명히 해야 했다.

당신 통장의 돈을 함부로 찾아 가지 않는다. 더구나 내가 쓸려고 한 푼도 가져가지 않는다. 나도 돈 번다. 다 당신 자식 키우는 데 사용하는 거라며 차분히 말했다. 남편은 펄펄 끓는 속을 숨기지 못하고, 말이라도 못하면 밉지나 않다며 고함을 질렀다. 달리는 차 안이라 성질 급한 남편이 엉뚱한 행동이라도 할까 내심 불안했다. 더는 말을 하지 않았다. 침묵 가운데 얼마간의 시간이 흘렀다. 부드럽게 거절을 하던지, 좀 늦게 도착해도 회원들이 기다려 줄 건데 괜히 화를 부른 것 같다. 후회가 되었다. 다소 마음이 가라앉기 시작했다. 출근 시간이 그렇게 급한 줄 몰랐다며 꼬리를 내렸다. 하지만 남편은 내가 하는 모든 말은 듣기 싫다며 맞받았다. 사무실 방향으로 가주겠다고 비위를 맞추어도 필요 없다고 소리를 지르며, 쾅 소리가 나도록 차 문을 닫고 내렸다.

남편은 성질이 급하다. 거친 폭언과 불같은 행동이 예측을 뛰어넘기 예사다. 어느 때부터인가 나는 남편에게서 받던 기습적인 마음의 상처에 무디어지기 시작했다. 오늘도 마찬가지다. 화가 난 발걸음을 재촉하는 뒷모습을 보고 있자니, 피식 웃음이 났다. 감정 조절을 못 하는 모습이 밉기도 하고 측은하기도 했다. 남편은 조용히 주고받는 대화에 서투르다. 아니 불가능한 것 같다. 아무런 반응도 없는 말을 일방적으로 하다 그만두는 경우가 허다하다. 유일한 반응이 있긴 하다. 내가 하는 말이 마음에 들지 않을 때마다 격하게 되돌아오는 고함이다. 물론 그렇지 않을 수도 있는데 내가 기억하는 상황은 대부분이 그렇다.

시간이 급한 나는 목적지로 방향을 틀었다. 다행히 정체가 예상됐던 구간마다 소통이 원활했다. 약속보다 십분 일찍 도착했다. 자판기에서 따뜻한 율무를 한잔 뽑아들고 있자니 자연스럽게 조금 전의 다툼이 되뇌어졌다. 거의 매일 술을 마시는 남편인데, 하필 근무를 하러 가는 휴일 아침에 빌미를 내세워 티격태격한 게 미안해졌다. 기분 풀고 즐거운 시간을 보내라며 문자를 보냈다. 답 문자가 없는 걸 보니 단단히 삐친 모양이었다. 사는 게 다 그런 거라며 잊으려 애썼지만 회원들과 함께 다녔던 종일, 마음이 불편했다.

달성군 구지면 도동서원의 고색창연함도, 사백 년을 살아온 은행나무의 수려함도 마음에 들어오지 않았다. 막 벙글던 목련도 해사한 웃음 짓던 개나리도 무거운 정물처럼 다가왔다. 거북의 용트림을 바라고 수천 년을 흘러왔다는 유구한 낙동강도 그냥, 흘러가는 물〔水〕일 뿐이었다. 집요하게 나를 물고 늘어진 건 남편과의 개운치 않은 다툼이었다.

답사를 마치고 돌아오는 길이었다. 서로 지지 않으려던 아침의 순간순간들이 날개를 달고 기억 밖으로 튀어 오르기 시작했다. 한 푼이라도 아끼려고 네 차를 탔지, 타고 싶어서 탔느냐는 남편의 분노가 날것 그대로 거칠게 부딪혀왔다. 나는 또 지지 않고 대구를 했다. '술 마시고 다닌다고 밤 늦게 타는 택시비는 아깝지 않은가?' 라고. 화가 머리끝까지 뻗친 남편의 얼굴이 붉그락푸르락 달아오르는 것을 상상하며 마지막 펀치를 강력하게 날렸다. '통장에서 한 푼도 가져가지 말라고? 흥 천만의 말씀 만만의 콩떡이다.' 남편을 향해 혀를 길게 내밀고 약을 올리니 막힌 속이 뻥 뚫리는 듯했다.

〈2012. 4.〉

없는 것보단 낫다

한 부부가 이혼을 요구하기 위해 판사를 찾아갔다.

"나이가 어떻게 되시나요"

"아흔여덟 살입니다"

"영감님은요?"

"백한 살이외다"

"결혼하신 지는 얼마나 됐습니까"

"70년 됐습니다."

"그럼 부부 사이가 나빠지기 시작한 것은 언제입니까"

안노인은 가시 돋친 말투로 털어놓는다.

"65년 전입니다. 그 뒤로는 갈수록 나빠지기만 했어요"

바깥 노인도 할 말이 많은 기색이다.

"이 여자는 끊임없이 나를 비난했소이다. 정말 피곤했소"

"그렇다면 왜 이제 와서 이혼하려고 하시죠?"

"자식들에게 아픔을 주는 것이 두려웠죠. 그래서 자식들이 죽을 때까지 기다렸다가 결판을 내기로 한 겁니다."

다리우스 워즈니악 코미디 〈부부 문제〉 중에서*

상식에서 벗어난 설정으로 웃음을 끌어내는 코미디다. 나도 웃었다. 작가가 바라던 파안대소가 아니라 푸~ 하는 씁쓸한 웃음이었다. 남편의 고약한 습관과 사고방식에 속상해하는 세상 모든 아내의 심정이 손에 잡히는 것 같았다. 어떤 일보다 자식이 우선이었을 '할머니'처럼 나도, 아이들이 불행해질까 염려되어 이혼하고 싶은 속내를 없는 듯 삭힌 적이 여러번이다. 결혼 삼 년이 되면서 이혼을 생각했으니 아흔여덟의 할머니보다 훨씬 빨리 결혼생활이 녹녹하지 않음을 짐작했던 셈이다.

연년생인 첫 아이가 돌을 막 지나고 둘째가 임신 육 개월이었을 때다. 불룩한 배를 하고 갓난아이를 등에 업는 일은 힘도 들었지만 몰골도 사나웠다. 더군다나 기저귀 보따리와 젖병, 외출용 가방을 어깨에 둘러메고 대중교통을 이용하는 건 정말 싫었다. 배가 불러도 가냘픈 몸매를 숨기지 못하는 내가 펑퍼짐한 옷을 입고 버스를 타는 일은 너무 힘들었지만, 술을 좋아하는 남편에겐 관심 없는 일이었다. 나의 고충 따윈 너무나 사소한 일상이라고 밀쳐버린 남편은 갖은 이유를 붙여 술자리를 찾아다녔다. 마치 호감을 가졌던 같은 근무지 여직원도 술을 좋아해 늘 함께 어울렸다. 직장에 다니는 일만으로도 힘겹던 시절이라 화가 났다. 다른 사람의 힘을 빌려서라도 남편의 습관을 바꾸어 놓고 싶었다.

낮 기온 최고를 경신하던 1996년 여름밤, 그날도 남편은 술자리가 있다며 귀가하지 않았다. 임신한 채 아이를 업고 아무렇지 않은 듯 택시를 타기 싫었다. 분노를 추스르며 시댁에 눌러앉아 남편을 기다렸다. 종일 갓난아이에게 시달렸을 시부모의 노고도 짐작했지만, 뉘 집 손孫인가. 피곤함을 참아가며 날마다 혼자 낑낑대는 내가 억울했다. 승용차로 함께 돌아가겠다고 버텼다. 자정이 넘으니 시부모는 빨리 가라고 재촉을 했고 나도 쓰러질 듯 피곤했다. 안방과 골목을 번갈아 서성이는 배부른 며느리가 불편했으리라. 삐삐도 휴대전화도 없던 때라 남편의 소식은 깜깜하기만 했다.

새벽 한시가 넘어 남편이 왔다. 술을 마신 걸 알면서도 난 아이를 업고 승용차를 탔다. 집으로 가는 십여 분간 우리는 소리를 높여 다퉜다. 시댁에서 자정이 넘도록 기다린 내가 못마땅했던 남편은 집에 도착하자 내 뺨을 때렸다. 가족과 집안을 끔찍이 생각하셨던 친정 아버지에게도 한번 맞지 않았는데 ……. 밤새 울었다. 아침에 거울을 보니 멍이 들어 있었다. 용서할 수 없는 분노가 끓어올랐다. 짙은 화장을 하고 출근하니 동료들이 궁금해했다. 잠을 잘못 잤다고 에둘러 변명을 하면서 아이들이 자라면 반드시 이혼하리라 다짐했다.

이런 일도 있었다. 직장일로 주말도 없이 바빴을 때다. 팔 개월 가량을 밤 열 시에 퇴근했고 가끔 열두 시가 넘기도 했다. 병이 깊어 요양원에 계신 친정어머니, 홀로 사시는 팔순 아버지, 돌봐야 할 아이들, 끝없는 빨래에 식사준비 등의 가사……. 몸도 지쳤지만, 가사노동에 대한 남편의 무관심이 마음을 더욱 지치게 했다. 그러던 어느 아침, 전날 밤 술을 마시고 택시를 타고 귀가했던 남편이 자신의 근무지까지 태워 달라고 했다. 왕복 십 분이면 충분한데도 나는 발끈 화를 내며 거절했다. 생각만도 질리는 술인데 바빠서 잠도 못 자는 나에게 뒤치닥거리를 시키다니 양심이 있냐며 대들었다. 오가는 말들은 순식간에 욕설로 바뀌었다. 당장 이혼하러 달려가고 싶은 마음을 '아이들이 무슨 잘못인가' 며 추슬렀다. 그날은 종일 짜증스럽고 피곤했다.

"남편이 술을 지나치게 좋아해 하루하루가 힘겹습니다." 밤 깊은 퇴근길에 멈춰서 존경하던 스님께 문자를 보냈다. "없는 것보다 낫습니다. 돌아갈 집과 기다리는 아이들이 있음은 행복한 일입니다. 기억하세요." 뜻밖의 답신이었다. 내 고통에서 한참 벗어난 뜬구름 같은 문자를 보며 부대끼는 실존을 너무 모른다고 여겼다. 그러면서도 마음을 닦는 수행자가 보내준 대답이라 간단히 잊혀지지 않았다. 짧은 인생, 반복되는 일상에 속을 끓이며 살아서는 안 될 것 같다는 생각이 들었다. 우울하던 기분이 다소 사라지고 아이들에 대한 걱정이 귀갓길을 재촉하는 게 아닌가. 짧은 시간에 일어난, 이해할 수 없는 마음의 변화였다.

그 후에도 남편의 술자리는 멈추지 않았고 우리도 다툼을 계속했다. 울분이 잦아들면 또 다른 불만이 시뻘건 칼날을 휘둘렀다. 그러나 세월은 상처가 아물도록 기다리지 않고 또 다른 상처를 만들면서 앞으로만 내달았다. 아픔을 다독이거나 서러움을 추스르기보다는 하루를 무사히 살아내는 게 급한 일이었다. 아이들 뒷바라지며 이런저런 대소사에 쫓기다 보니 정말이지, 남편이 있어서 좋을 때가 많았다. '인생에 대한 깊고 넓은 성찰에서 건져 올린 말씀이었구나!' 뒤늦은 깨달음에 생각 얕은 내가 부끄러웠다.

그토록 못 견뎌 하던 내 불평의 원인은 무얼까, 천천히 돌아보았다. 술을 최우선 하는 남편과 자식 키우는 걸 대단한 희생으로 여기려는 내가 부딪히고 있었다. 양보하고 이해하기보다는 서로를 고집하니 부딪히는 건 당연했다. 남편이란 이유만으로 반드시 소통하고 같은 방향을 향해 가야하는 건 아니지 않은가.

없는 것보다 나은 이유를 찾아보았다. 살아가는 곳곳에서 만나게 되는 뭇 남자들과의 만남이 수월하고 편한 것이 첫번째다. 사소한 말과 행동을 지레 오해하여 경계하고 계산하지 않아도 되니 얼마나 좋은가. 또 꼬박꼬박 월급을 가져다주니 생활하기가 훨씬 낫다. 빨래를 널고 걷고, 두 아이의 교복을 도맡아 다림질하니 몸의 노동도 가볍다. 술자리가 잦아 불만이긴 하지만 내 생활의 면면을 지키는 일등공신이요, 든든한 방호벽이다. 가끔 속을 뒤집어 머리끝까지 화가 뻗기도 하지만 삶의 안정이 비롯되는 근원인 걸 보니, 결혼을 천생연분이라 일컫는 이유가 이런 것인가 보다.

이혼하러 판사를 찾은 아흔여덟의 할머니에게 돋아난 날카로운 가시는 무엇 때문일까. 생애 가장 큰 상실이고 아픔이었을 자식의 죽음을 만만하고 편한 할아버지에게 투사投射한 건 아닐까. 칠십 년 동안 겪었을 소소한 기쁨과 즐거움의 순간들을 되새겨 보았다면 이혼을 하러 법원을 찾진 않았을 것이다.

없는 것보단 낫다는 말을 되새기다 보면 부지불식간 없으면 안 되는 것으로 바뀌곤 한다. 무더운 여름밤에 받았던 한 줄의 문자가 일그러지던 내 생활에 물을 주고 새로운 싹을 틔

---

* 베르나르 베르베르 「웃음」 중
* 존 그레이 「화성에서 온 남자 금성에서 온 여자」

웠다. '없는 것보단 낫다.' 이혼을 꿈꾸는 화성의 남자와 금성의 여자*들이 곱씹어 볼 의미깊은 말이다.

〈2012. 3.〉

‘나’에게 위로를

살아가면서 우리는 내가 아닌 ‘나’를 만날 때가 있다. 전혀 예기치 못한 상황에서 맞닥뜨린 배배꼬이고 뒤틀린 자신 앞에서 쩔쩔매기도 한다. 때로는 난데없는 격정에 휘말려 일을 망치기도 하는데, 치유하지 않은 마음의 상처들이 불쑥불쑥 모습을 드러내기 때문이리라. 존경하던 분의 퇴임식에 참석했을 때도, 뒤틀린 ‘나’를 만나 당황한 적이 있었다.

“삼십삼 년 공직 생활을 집사람 덕으로 무사히 마쳤습니다.”

넓은 강당 높은 연단에 올라 박수를 청하며 하신 말씀이었다. 곧 박수 소리가 강당을 가득 채웠다. 연단을 비켜 다소곳이 앉았던 부인은 고개를 숙여 답례했다. 정년퇴직이니 올해가 육십, 6·25전쟁 중에 태어나신 분이다. 빈곤과 억압의 시대를 뻘밭 걷듯 살았을 당신의 수고는 아랑곳없이 아내만 떠받드는 제스처 같았다. 그것도 남녀노소의 축하객 앞에서 경상도 남자의 점잖은 체통은 까맣게 잊고 유별을 떨며 '신세대'의 설익은 흉내를 내는 것 같아 탐탁찮았다.

긴 세월의 무탈이 어떻게 부인의 덕이란 말인가. 집안보다는 바깥일을 중요시하는 남자들이 많았던 시대에 아내와 자식들에게 자상하다는 소문이 자자했던 분이다. 물론 아내도 가난한 시대에 살림 꾸리며 아이를 키우느라 애는 썼을 것이다. 하지만 그것도 하지 않은 여자가 몇 명이나 된다고 제 아내만 특별히 추켜세운단 말인가. 푼수 같은 태도가 거슬렸다.

괜한 트집으로 울컥울컥 차오르는 감정이 낯설었다. 울어지지 않은 울음 같기도 하고 풀어지지 않는 슬픔 같기도 한 불덩어리였다. 목 안이 칼칼해지고 울렁대는 가슴이 답답했다. 서둘러 퇴임식장을 빠져나오니 밖에는 한겨울 추위가 기승이었다. 손톱으로 할퀴는 것 같은 찬바람이 파고들었다. 마른 잔디가 폴락거리는 광장을 내처 걸었다. 남의 행복 앞에서 심드렁해지는 내 심보가 마땅찮았다. 확인되고 인증받는 다른 사람의 '삶' 앞에 서면 왜 쌍심지 켠 가자미눈을 하는 건지. 퇴직자의 부인은 무슨 복을 타고났기에 뭇사람들의 축하 속에서 흐뭇한 행복을 누리는 건지……. 만사가 시큰둥하고 짜증났다. 언 땅을 쿵쿵 짓밟으며 돌아다녔다.

살림에 취미가 없던 나는, 맏며느리 자리를 피해 결혼을 했다. 남편이나 나나 모두 가난한 집안의 자식들이라 빚더미로 시작한 생활은 팍팍했다. 결혼 사 년이 되던 해에 시아버지가 폐암 선고를 받았다. 내가 살던 집은 도시 외곽의 값싼 전세였다. 공기가 맑아 간병하기에 좋다는 이유로 시어머니는 우리 집으로 살림을 옮겨 왔다.

병이 깊은 시어른과 함께 사는 일은 만만치 않았다. 아이를 돌보는 거나 부엌일은 얼마간 편해졌으나 알아도 모른 척, 내키지 않아도 좋은 척해야 하는 일도 많았다. 게다가 유달리 술을 좋아하는 남편은 암 투병 중인 아버지를 모시고도 매일 술을 마시고 늦게 들어왔으니 내가 견뎌야 할 스트레스는 지독했다. 환자의 몸속 내장이 썩어갔는지 집 안은 부패한 피비린내가 가득했다. 시아버지 방과 우리 방은 두어 발짝 거리로 마주 보고 있었다. 향을 피워도 냄새가 사라지지 않아 갓난아이들에게 나쁜 영향이라도 끼칠까 걱정했다. 유명을 달리하고도 눌러붙은 악취가 두어 달은 계속되었으니 일 년 육 개월이 넘게 시달린 셈이다.

남편의 빈자리가 컸던지 시어머니는 시고모를 불러들였다. 내겐 어떤 설명도 상의도 없이 그냥 불러들였고 마냥 눌러앉았다. 두 분 슬하의 자식들과 일가친척들이 수시로 찾아들었으니 우리집은 손님들로 북적거리기 일쑤였다. 마땅찮은 불청객이었다. 일상이 두 분 어른께 맞추어졌다. 찾아온 사람들은 둘러앉아 밤을 새워 술을 마시곤 다음날 오전을 방바닥에 뒹굴며 보내는 날들이 잦았다. 아이들 핑계로 술자리는 피했지만, 홀로 책을 읽고 달 밝은 밤이면 하모니카를 꺼내 불던 나에게 그런 날들은 참기 어려운 스트레스고 고통이었다.

첫째 아이가 초등학교 들어가기 전 일요일 오전이었다. 평소처럼 일찍 잠이 깨어 거실에 나가보니 술병들이 어지럽게 나뒹굴고, 사람들은 아무렇게 흩어져 자고 있었다. 겨울 산불 번지듯 타오르는 화를 누르며 청소를 시작했다. 술상을 다 치워도 아무도 일어나지 않았다. 그들이 일어날 때까지 아까운 시간을 마냥 보내야 했던 나는 짜증이 났다. 늦은 아침밥을 깨작이는 아이들에게 괜한 신경질을 부리며 화를 폭발시켰다. 방으로 데리고 들어가 사정없이 고함을 질렀다. 둘째가 잘못 맞아 코피를 흘렸다. 아이들 울음소리에 하나 둘 일어난 사람들은 그 와중에도 김칫국을 끓여 해장을 하고 돌아갔다. '죄 없는 우리한테 스트레스를 풀던' 엄마를 지금도 생생히 기억하는 아이들에게는 정말 민망한 일이었다.

자식 네 명 모두 변변찮던 시고모는 돌아가시기 전까지 칠 년을 우리 집에서 사셨다.

같이 살면서도 시어머니는 둘째 며느리라고 은근히 밀쳤다. 가난한 시집, 집안일은 뒷전인 남편, 제사만 남겨놓고 시아버지 명의의 집을 팔아가던 아주버님, 시숙들의 이혼과 재혼. 현실은 거칠고 숨 가빴다. 살얼음 위를 걷는 듯 불안했다. 지치고 피폐한 나를 이해하려는 사람은 없었다. 단 한 사람도 고생한다, 고맙다고 겉치레 인사조차 하지 않았다.

황폐한 들판에도 시간은 흐르듯 나의 세월도 마냥 흘렀다. 아침이면 아이들을 챙겨 먹이고 낮에는 직장 일을 했다. 해가 지면 집으로 돌아가 청소하고 빨래했다. 가끔 영화도 보고 외식도 했지만 즐겁지는 않았다. 크게 슬프지도 않았다. 일탈하지 않은 지루한 톱니바퀴처럼 그저 반복했다. 내면의 강물은 심연으로 낮게 흘렀고 일상의 겉도 평화로웠다.

그런 줄 알았다. 그런데 울지 못한 내 속의 울음을 자극하는 것들은 늘 예기치 못한 곳에서 혜성처럼 나타난다. 십수년간 존경했던 분의 퇴임식장 같은 데서 속 얕은 성질을 부릴 일인가. 아내를 걱정하는 남편, 남편의 배려를 고마워하는 아내, 부모에게 신뢰를 보이는 아이들……. 이런 흔해 빠진 풍경이나 드라마를 볼 때면 느닷없이 솟구치는 눈물도 마찬가지다. 별안간 터져 나온다.

그날도 마음 깊이 결박되었던 '내'가 불쑥 튀어나와 나를 휘저었다. 쿵쾅거리던 걸음을 멈추고 고요히 바라보았다. 현실의 정황 따윈 아랑곳없이 천길만길 날뛰는 내 속의 '내'가 억울한 듯 흘긴 가자미눈이 안쓰럽다. 없는 듯 심연에만 숨어 있자니 숨이 막혔던가. '그래, 속으로만 처박아 두지 말고 밝은 세상에서 함께 살며 보듬을게.' 위로의 손을 내미니 거친 숨결로 헐떡이던 '내'가 당황하여 멈칫했다. 지우고 덮고 흔적 없이 잊고 싶어도 그럴 수 없는 게 살아온 세월이잖은가.

손바닥으로 하늘을 가릴 수 없듯 시뻘건 흉터로 달아오른 '나' 를 외면만으로 지워 버릴 순 없다. 심연으로만 뿌리내린 아픔은 질투와 아니꼬움의 잎을 무성히 틔우더니 결국 나를 피폐하게 만들었다. 싫으면 싫다고 말을 하고 좋으면 함께 웃으면서 '나' 와 하나 되어 살자. 서럽지 않은 인생이 어디 있고 축복만 받는 인생이 또 어디 있던가. 누구나 펼쳐보면 엇비슷한 사람살이고, 소설책 열 권은 쓰는 굴곡의 삶이다. 히말라야 등반도 오르막과 내리막이 있고 태평양 물결도 차고 따뜻한 기류가 하나로 흐르는 게 순리지 않는가.

'캄캄한 세월을 사느라 고생했다. 장하다.' 동행의 악수를 청하니 비로소 '내' 가 고요해진다. 나는 처음으로 '나'와 마주 보며 뭉근한 미소를 지었다.

〈2012. 2.〉

내 속의 계륵

화분을 모두 버렸다. 주말마다 물을 주고 차가운 냉기를 막아 줘야 하는 의무 같은 일상에서 벗어나고 싶었다. 기온이 영하로 내려간 2월 아침, 말라비틀어진 화분을 아파트 마당으로 내놓았다. 봄에는 꽃을 피우고, 가을이면 단풍이 들어 기분을 좋게 해주던 화초들이다. 삼 년, 길게는 십 년을 함께 살았던 꽃나무 스물대여섯 그루를 밖으로 내니 베란다가 휑했다. 바다색 타일엔 싸늘함이 감돌고 유리 창문은 말간 얼음 같았다. 오랜 세월 화분이 앉았던 자리는 크고 작은 얼룩들로 어지러웠다.

화분을 내놓으니 허전했다. 집안일이 제대로 손에 잡히지 않았다. 한 시간쯤 지났다. 들고 있던 청소기를 내려놓고 창밖을 내다보니 화분이 없어졌다. 주인한테 버림받고 오갈 데없이 떨고 있을까 걱정했는데, 한 개도 남아있지 않았다. 귀찮아 내다버리던 조금 전의 마음은 어디 가고 득달 같이 전화를 걸어 화분의 행방을 추궁했다. 관리실에선 버려진 화분이라 지나는 사람들이 가져가는 걸 만류하지 않았다며 민망해했다. 큰 화분 여섯 개의 폐기물 처리비용을 걱정했는데 쓸데없는 일이 되었다. 예상치 않았던 '빠른 사라짐'은 뜻밖의 서운함을 몰고 왔다.

지난해 초가을이었다. 집안일을 정리하다 화분에 우연히 눈길이 갔다. 보름이 넘게 물을 주지 못해 꽃들이 시들고 있었다. 하던 일을 제쳐놓고 물을 주었다. 잎들이 푯푯해지고 줄기마다 생기가 번져갔다. 일렁대는 활기가 베란다 가득해졌다. 그러나 그저 그뿐이었다. 더 높이 가지를 뻗지 못하고 작은 화분에만 뿌리를 가둔 채 넘쳐나는 활기를 어쩌지 못했다. 안쓰러웠다. 오로지 내 손길만을 기다린다고 생각하니 한심하기까지 했다. 결혼을 하면서 가족이라는 화분에 갇힌 나의 모습이 저러려니. 뿌리를 가둬 성장을 막는 견고한 벽이 미웠고, 생사를 남의 손에 맡긴 꽃나무의 무능이 한심했다. 스스로 살아가지 못할 바엔 차라리 없는 게 낫다. 내가 물을 주지 않으면 죽는다. 물을 주지 않고 한 달이 지났다.

가을이 깊어지고 날씨도 차가워졌다. 능소화 넝쿨은 색이 바래고 영산홍 가지 끝도 비틀어졌다. 거의 한달 동안 의식적으로 외면을 했는데 눈길이 또 화분으로 갔다. 비틀어지는 목마름이 간절했다. 가엾은 마음에 다시 물을 주었다. 허브잎과 국화잎이 흩어진 베란다도 청소했다. 두어 시간 넘게 손길을 주니 화분 속 꽃들이 환하게 웃었다. 하지만 기쁨은 잠시였다. 화분을 돌봐야 하는 귀찮고 힘든 일상의 반복이 시작되었다. 밀린 집안일로 주말은 고단했다. 반찬, 청소, 빨래. 산 너머 산이었다. 열에 들뜬 아이를 데리고 병원도 가야 하는데 돌아서기도 전에 마른 잎들이 여기저기 나뒹군다. 베란다가 지저분해졌다. 짜증이 났다. 전날의 음주로 남편은 아직 누워있고, 아이들은 컴퓨터 게임에 매달렸다. 게임 좀 그만하라고 윽박지르고, 남편에겐 집안일에 관심을 가지라고 구시렁댔다.

주말 내내 쉬지 않고 뭔가를 계속하지만, 월요일 아침이면 마음이 허전했다. 주어진 환경을 마냥 살아내느라 분주하기만 한 몸부림이 화분 속의 꽃을 닮았다. 사람이 꽃을 피우려면 내면의 성숙을 위한 사유가 필요한데도 정신없이 바쁘기만 하니, 화분 속의 가련한 꽃과 무엇이 다르랴. 베란다에 홀로 섰다. 때마침 스며들던 가을 햇살이 따뜻하게 몸을 감쌌다. 소리도 없는 눈물이 흘렀다. '엄마'는 외로울 때가 많다.

자정이 되도록 바느질과 다림질을 하고 새벽 4시면 일어나 소죽을 끓이던 어머니가 그리웠다. 어머니는 새벽 이슬을 밟고 텃밭의 채소를 뜯어 아침상을 차렸다. 하루 세끼 시부모 봉양이며 시동생 뒷바라지, 여섯 자식에 막내 고모의 아이들까지 밥상을 차렸다. 시골 중학교가 우리 마을에 있어 깊은 산골에 살던 막내 고모의 다섯 아이 중학 시절을 어머니가 거두었다. 무려 15년 동안.

'엄마'의 길은 인내라는 반석 위에서 희망의 등불을 높이 치켜들어야 하는 고독한 여행일지도 모른다. 조금이라도 가볍게 길을 가려면 짐을 내려놓아야 했다. 살아가는 데 꼭 필요하지도 않으면서 의무처럼 반복해야 하는 화분 키우기를 포기하기로 했다. 그때부터 물을 주지 않았다. 굳게 닫은 베란다 창문을 의도적으로 열어 보지 않았던 긴 겨울 동안 꽃은 말라 죽었다. 그래서 화분을 모두 내다 버린 것인데, 예기치도 않았던 마음의 야누스를 만난 것이다. 힘든 동행이냐 홀가분한 헤어짐이냐 하는 갈림길에서 아직 남은 미련한 사랑의 뒷모습에 움찔했다. 눈물이 조금 흘렀다.

우리가 살아가는 일들을 곰곰이 생각해 보면 계륵 아닌 것이 몇 가지나 되겠냐마는, 삼 개월 동안 물 한번 주지 않다가 내친 스물대여섯 개의 화분도 내겐 슬픈 계륵이었다.

내일 지구의 종말이 오더라도 오늘 한그루의 사과나무를 심겠다던 스피노자의 희망찬 각오가 떠올랐다. 힘겨운 '삶'이라는 망망대해에서 희망의 씨앗을 뿌리던 그야말로 진정한 선구자가 아닌가.

〈2009. 2.〉

감쪽같은 도둑

싸움이 시작됐다. 앞장서 나오는 것은 단칼에 베어버리고, 뒤따라 오는 것들도 숨 쉴 틈 없이 헤치웠다. 구석구석 뒤져 한 곳에 몰아넣고 독가스도 살포했다. 인해전술이라도 사용하는 걸까. 끊이지 않고 기어 나온다. 은신처로 보이는 검은 비닐봉지를 찾아 불볕 아래 송두리째 뒤엎었다. 작열하는 팔월 햇살이 강력한 광레이저가 되어 전멸시켜 주길 바랐다. 혼을 쏙 빼 생명을 포기하도록 강풍으로 몰아세운 것도 여러 날인데, 여전히 스멀거리며 기어 다닌다.

한 두 마리의 벌레를 처음 봤을 땐 비명을 지르며 놀랐다. 반복되면 이골이 난다고, 모습을 드러내는 날들이 많아지자 숨을 가다듬고 휴지로 눌러 잡을 수 있었다. 시간이 지날수록 무섭다거나 징그럽다는 감각이 없어졌다. 렌지 주위나 쌀독

옆을 기어오르는 것을 봐도 느긋하게 휴지를 찾아서 손가락 하나로 눌러 숨통을 끊었다. 제 까짓 게 곧 없어지겠지 했다.

여름휴가 첫날 아침. 늦잠을 자고 난 후 밥을 지으려고 쌀독을 열어보니 바구미들이 까맣게 득실거렸다. 평소와 다른 시간에 기습적으로 쌀독 문을 열어 젖히는 바람에 미처 제 몸을 숨길 수 없었나 보다. 자기 세상인양 돌아다니고 있는 바구미들이 마구 짓밟고, 아마 배설물도 쏟아 놓았을 쌀로 지은 밥이라고 생각하니 속이 메스꺼웠다. 쌀을 수십 번 씻었다. 바구미의 존재를 모르는 식구들은 맛있게 한 그릇씩 먹었지만, 난 그럴 수가 없었다. 목구멍이 뻣뻣하게 굳어오고 구역질이 났다. 음식 중 밥을 제일 좋아하지만 불결하단 생각에 먹는 둥 마는 둥 자리에서 일어섰다. 이내 배가 고파왔다. 먹는다는 건 실존의 일이라, 빠른 시일 내 바구미를 퇴치해야겠다는 조급함이 화력 좋은 불처럼 나를 들볶기 시작했다.

바구미 박멸은 의무감이 되어 집요하게 신경을 긁었다. 인터넷을 뒤지고, 시어머니, 친구에게 물어 다양한 퇴치법에 관한 정보를 얻었다. 곧 실행에 옮겼다. 고사枯死를 시키기 위해 팔월 불볕 아래 쌀을 널어놓았다. 선풍기로 강력한 바람을 일으키고 모기향도 피웠다, 바구미들이 싫어한다는 마늘도 까서 쌀독에 넣었다. 못 견뎌 앞장서 뛰어 나오는 것은 단숨에 숨통을 끊고, 뒤따라 오는 것들도 모조리 헤치었다.

싸움을 시작한 지 닷새째가 되자 바구미들이 뜸해졌다. 전쟁이 끝난 듯한 평화가 찾아왔다. 드라마 재방송도 보고, 친구에게 전화를 걸어 수다도 떨었다. 잔뜩 신경을 곧추세워 싸운 보상으로 돌아온 평온이 짜릿했다. 그렇게 귀찮고 증오스럽던 바구미들에 대한 연민이 일어나기도 했다. 한나절의 편안한 휴식을 즐겼다.

휴가가 끝나고 출근을 하려는 아침, 쌀독을 열어보니 까만 벌레들이 또 스멀거리는 것이 아닌가. 금쪽같은 휴가 동안 신경의 가장 예민한 칼날을 세워 공격을 했는데도 불구하고 내가 완패한 것이었다. 쾌감과 연민이 갑작스러운 실망으로 바뀌면서 늦더위를 몰고 왔다. 완전 퇴치법을 알아내기 위해 다시 인터넷을 검색하고 옆 사람들에게 물었다. 한 번 생겨난 것은 전멸시킬 수가 없고 떡가래를 뽑든지, 많은 손님을 초대해 밥을 하든지 간에 전부를 소비하는 것이 유일한 방법이라고 한다.

친정아버지가 햅쌀이 날 때까지 먹으라고 준 쌀이다. 여든의 노구를 부려가며 수확한 소중한 것인데 하찮은 바구미들이 갉아먹었다는 사실에 몹시 화가 났다. 휴가를 망친 것도 억울한데, 앞으로 얼마 동안 더 나를 괴롭히며 황금 같은 시간을 훔쳐 갈 것인가. 늘 시간에 쫓겨 동동거리는 내게, 바구미는 생각지 못한 복병伏兵이었다. 난데없이 나타난 복병을 소탕시키느냐 내가 먹히느냐는 뛰어난 전술과 전략에 달렸지만, 평범한 내겐 뾰족한 수가 없었다.

시간을 갉아먹는 복병은 바구미만이 아니다. 사색 가운데 길어 올릴 사유思惟의 씨앗을 아예 뿌리조차 뻗지 못하게 하는 잦은 수다, 밤을 걷어내지 못하고 한낮까지 깔려 하루를 절름거리게 하는 늦잠. 이런 것들도 시간을 갉아먹는다. 드라마는 또 어떤가. 뭉텅뭉텅 사라져 가는 세월을 고민 없이 즐기게 하는 강력한 최음제가 아닌가. 너무나 사소한 반복이 만드는 일상의 습관들이 삶 전체를 갉아먹는 바구미로 번식해 가고 있다.

우리네 하루하루는 쌀 낟알과 다르지 않다. 하루가 한 톨씩 쌓여 한 되가 되고, 한 되가 모여 일 년이 되고 십 년이 된다. 습관에 매몰되어 살아가는 우리네 인생은 무엇을 향해 어디로 가는 걸까. 자신과 대면할 시간도 이유도 잃어버렸으니 바구미에게 자신을 내맡긴 쌀알보다 나은 게 없잖은가.

편리와 안락이라는 습성에 형체를 숨기고 올라탄 다종多種의 바구미들이 빠른 번식력으로 확산되고 있다. 빠르게 쫓겨 떠나는 시간의 틈 사이에 교묘하게 뿌리를 내린 습관의 바구미들이 삶 여기저기에서 무성하게 자란다. 다양한 개성個性을 하나하나 무찔러 외형은 물론 생각까지도 비슷한 사람을 무더기로 복제해 낸다. 창조와 도전으로 빛나야 할 우리네 삶이 모방으로 기우뚱거리며 사위어 간다.

바구미가 한 번 갉아 먹은 낟알은 복구가 불가능하다. 살아야 한다는 의식이 둔감해진 낟알들은 골수를 갉아 먹혀도 저항하지 않는다. 쌀을 씻는 바가지 안을 바라보았다. 속내를 갉아 먹히고 겉만 멀쩡한 낟알들이 허연 배를 뒤집고 맥없이 떠밀려 간다. 하수구로 흘러들면 다시 돌아올 수 없는 곳으로 가게 된다는 사실 따위엔 관심도 없다. 제 몫의 삶이 무엇이었는지도 잊어버린 쌀알들이 세상과 작별을 한다.

되돌아 올 수 없는 강은 신화神話 속에만 흐르는 것이 아니다. 지금도 흐르고 있는 돌아오지 못할 시간의 강에 겉만 멀쩡한 쭉정이가 무더기로 둥둥 떠 있다. 우리네 시간도 허옇게 뒤집힌 낟알처럼 흘러간다. 생활의 옆구리에 흔적 없이 달라붙은 습관이라는 악성 바구미를 퇴치하기 위한 전쟁을 선포한다. 장기전이 되면 전쟁을 일으킨 자도 침략을 받은 자도 지치기 마련, 속전속결의 묘책은 없을까. 사방에 둘러쳐진 비밀문의 암호는 '실천' 뿐이다.

〈2007. 8.〉

마중물

미국 아마즈나 사막을 중간쯤 가다 보면 물 펌프가 하나 있다. 시골에서 봄 직한 펌프의 손잡이에 달린 깡통 속에

〈옆에 있는 바위 곁을 파면 물병이 나옵니다. 그 물을 붓고 펌프질을 하면 틀림없이 충분한 물을 길어 올릴 수 있습니다〉

라는 편지가 들어 있어, 뜨거운 사막을 가로지르는 목마른 행인들이 물을 마시고 갈증을 해소시킨다고 한다.

물병의 물은 타들어가는 생명을 다시 살게 하는 마중물이다. 인생이라는 먼 길에도 지친 삶을 희망으로 펌프질 할 마중물이 필요한데, 내 삶의 마중물은 독서였다.

초등학교에 입학하여 처음으로 읽은 책이 『효녀 지은』이다. 어려서 어머니를 여읜 지은이 삯바느질을 하면서 병든 아버지를 모신다는 진부한 〈효〉이야기다. 당시에는 얼음물에 담그는 지은의 손마디가 내 것인양 쓰라리고 안타까웠다. 품삯을 받지 못하는 대목에서는 가난한 사람에게 상처를 주는 부자들이 미워 주먹에 힘이 솟고 눈물이 나기도 했다. 길게 땋은 댕기 머리와 누더기 통치마가 눈보라에 날리는 책표지 그림은 오랫동안 마음에 남아 생활의 갈증을 적셔 주곤 했다.

가난한 농부의 다섯째 딸인 나는 초등학교 삼 학년까지 책보자기를 매고 검정 고무신을 신고 다녔다. 빨간 가방을 꽃같이 둘러맨 친구들의 팔랑거리는 모습은 정말 예쁘고 부러웠다. 점심을 굶는 게 창피해서 부모님을 원망하기도 했지만, 책보자기를 내동댕이치거나 고무신이 싫다고 앙탈을 부리지 않았다. 목까지 차오르던 불만도 지은을 생각하면 스르르 꼬리가 내려졌다.

자취를 하던 학창시절에도 궁핍은 계속되었다. 교복 자율화 시대에 새 옷 한벌 없이 옆집 언니나 동기생들의 옷을 얻어 입으며 중 · 고등학교를 다녔다. 부모님은 늘 허덕였고 난 항상 허기졌다. 가난에 좌절하지 않고 예민한 청소년기를 지나 무사히 사회인이 될 수 있었던 건, 지은을 지켜보던 병든 아버지의 침묵이 마음속에 남아 있었기 때문이다. 가진 것 없고 배운 것 없는 부모의 자식 사랑은 그저 빌고 기도하는 간절함 뿐이다. 공납금을 기한 내에 주지 못하던 부모님도 그러리라 믿었다. 마치 먹구름에 가려도 태양은 여전히 존재하듯 부모의 마음도 그런 것이라 여겼다.

아이를 낳고 직장에서 안정을 찾아가던 2007년, 어머니가 쓰러졌다. 살아서는 돌아오지 못할 환자가 되어 요양병원에 누워있고, 여든이 넘은 아버지는 홀로 시골집을 지킨다. 여섯 자식을 낳아 길렀지만, 명절이나 생신 같은 날이 아니면 늘 혼자다.

연락도 없이 찾아간 어느 주말이었다. 마당을 서성이던 아버지가 기뻐 어쩔 줄 몰라하며 반기셨다. 혹시나 하는 막연한 기다림이 현실이 되었나 보다. 그때부터 자주 시골을 찾아갔다. 반찬을 만들고, 빨래와 청소로 피곤해진 몸으로 돌아 올 때쯤이면 "맨 날 니가 손해를 보는 구나." 하시며 눈물을 글썽인다.

나누어 줄 것이 없는 가난한 아버지의 마음을 헤아리며 골목을 빠져나오다 문득 백미러를 보았다. 굽은 허리로 흙담에 기대서 멀어지는 차를 하염없이 바라보는 아버지가 주먹만큼 작았다. 울컥 목이 메고 눈시울이 뜨거웠다. 벌써 4년이 넘었는데 아버지는 단 한 번도 먼저 돌아서지 않았다. 말로

하지 않는 사랑 끝이 없건만 그 심정을 헤아릴 줄 모르는 자식들이다.

자주 시골에 가다 보니 아버지를 뵈러 오지 않는 언니들에게 서운한 마음이 들었다. 이런저런 이유로 적잖은 돈이 들고 시골의 누추한 살림이 귀찮아서 그럴 것이다. 아버지의 말씀처럼 땡전 한 푼 물려 받을 재산도 없는데 나만 어리석게 손해 보는 건 아닌가, 속상하고 미웠다. 미움은 원망을 낳고, 원망은 믿음에 상처를 내어 피로를 더해 갔다.

사소한 일에도 태산처럼 화가 났다. 아버지 밥상에 간장만 놓였거나 기침이 심한 날은, 공연히 아이들에게 날카로운 말을 내뱉으며 긴장시켰다. 밥을 먹고 노래를 부르고 등산도 했지만 울적한 마음은 며칠씩 계속 되었다. 쌓여가는 집안일들이 또 다른 짜증을 불러오기도 했다.

스트레스로 바삭바삭 말라가던 나를 진정시켜 준 것은 한 권의 책이었다. 미움도 사랑도 담아 두면 집착이 되니, 오직 지금 일에만 마음을 집중하라. 최선을 다한 후에는 결과에 얽매이지 않는 지혜를 지녀야 된다는 내용이었다. 어디선가 들었던 말이지만 속이 상한 상황에서 마음으로 읽으니 신선한 충격이 되었다. 독버섯처럼 자라던 원망들이 누그러지고, 보이지도 잡히지도 않던 응어리들이 풀어지며 사라지는 것 같았다.

책은, 제각각의 위치에서 정성을 다해야 평화가 올 수 있음을 종이의 예例로 보여주었다. 햇빛과 땅과 열대우림의 구름이 나무를 키웠고, 그 나무를 베고 옮기는 나무꾼의 부모와 자식이 불가분의 인연으로 종이 안에 숨겨져 있다고 했다. 그러면서 또 인연으로 서로 의존하는 요소 중 어느 하나라도 본래의 근원으로 돌아가 갇힌다면 세상 생명은 사라진다고 설파했다.

실제로 햇빛이 모든 관계를 끊고 태양 안에 갇혀 돌아오지 않는다면 모든 생명은 온기를 잃고 시들 것이다. 살아 있는 것들이 세상에서 모두 사라지는 건 얼마나 끔찍한 일인가. 또한 물이 없었거나, 나무가 톱날에 쓰러지지 않았다면 종이는커녕 인류의 문명도 발전할 수 없었을 것이다. 세상 만물의 질서가 한 장의 종이에 녹아 공존한다는 엄연한 현실은 놀라운 발견이었다. 내가 구름이라면 아버지는 햇빛이었고 병상의 엄마는 대지를 키우는 비였다. 오빠는 나무였고 동생은 트럭이었다. 구름이 트럭의 성능이라든가 디자인 같은 건 개의치 않고 오직 비를 내리는 데 최선을 다했으니, 나무가 종이가 되어 우리 곁에 올 수 있었던 것이다.

잘못을 묻지 말고 할 수 있는 일에 최선을 다한 후, 결과에 대해서는 무던한 신뢰를 가지고 기다려야 한다는 지혜가 은은한 달빛처럼 나를 감쌌다. 마음이 평화로워지고 가슴이 벅

차올랐다.

짜증과 스트레스로 힘들던 생활 속에서 만난 반야심경과 금강경은 나를 차분히 들여다보게 했다. 타인에 대한 원망과 미움도, 신뢰와 성실이 만들어 내는 위대한 세상도 스스로 만든다고 말했다. 나는 더 이상 아버지를 핑계로 가족들이 서운하지 않았다. 언니 오빠의 바쁜 생활이 이해되었고 부쩍 어른이 된 듯 기분도 좋아졌다.

독서는 외롭고 쓸쓸할 때 동행의 손을 내밀어 준 따뜻한 친구다. 지친 생활에 새 기운을 길어 올려 준 마중물이고, 아픈 상처를 어루만져 낫게 한 명약이기도 하다. 그러면서도 잘난 척 뽐내지 않고 비싸지 않아 더욱 좋다. 주머니가 빈곤한 나는 오늘도 마중물을 준비하여 웰빙 식단을 차린다. 내 아이들도 마음의 양식을 고루고루 섭취하길 기원해 본다.

〈2011. 전국주부수필공모전 은상〉

우정이 할아버지

우정이 할아버지는 어둡고 습한 광속에서 돌아가셨다. 맹추위가 계속되던 겨울이었다. 며칠 동안 할아버지가 보이지 않아, 아버지는 점심 반주나 하자며 찾아갔다. 집안 여기저기를 둘러보다가, 차가운 광속에서 며칠이 지났을 것 같은 시신을 발견했다. 아버지는 대처에 흩어져 사는 할아버지 자식들에게 연락하여 장례를 지냈다.

내가 대구로 진학하고 난 뒤였으니 1980년대 중반이었다. 할아버지는 충청도 어디서 화학 공장에 다니시다 상주 골짜기로 왔다. 가재도구 몇 개만 가지고 비어 있던 촌집을 거저나 마찬가지로 사서 살게 되었다. 빚 때문에 야반도주를 했다는 둥, 다니던 공장에서 쫓겨났다는 둥 소문이 분분했다.

산골 동네 낮은 집 한 채가 전부인 할아버지 부부는 할 일이 없었다. 배추, 열무 등 채소를 기르는 우리 텃밭에서 살다시피 하며 부모님과 친동기간처럼 가까이 지냈다. 할아버지와 아버지는 비슷한 연배로 두 분 모두 술을 좋아해, 오랜 친구처럼 흉허물이 없었다. 엄마와 할머니도 덩달아 속마음을 터놓고 지냈다.

대구에서 고등학교를 다니던 나는, 한달에 두어 번 고향에 들렀다. 언제부턴가 할아버지 집에 애기가 와 있었다. 할아버지의 첫 손자 우정이었다. 한 두 마디 말을 했으니 두세살이었을 것이다. 간호사인 우정이 엄마는 야간근무가 많아 아이를 키울 수가 없다고 했다.

산골 마을에서 할 일없이 적적하던 두 분에게 우정이는 생활의 활력소였다. 행여 아이가 다칠세라 종일 아이의 뒤를 좇아 마을을 몇 바퀴씩 돌곤 하셨다. 눈에 넣어도 아프지 않을 손자였으니 우리 식구들도 덩달아 우정이를 귀히 여겼다. 집에 갈 때마다 우정이를 데리고 놀러 오시는 할머니를 만났다. 점심이나 저녁을 함께 먹는 일도 잦았다.

어느 여름날, 우리집 들마루에 앉아 식사를 하시던 할머니가 "어이구, 웬수 같은 술……. 그 술 때문에 내가 명대로 못 살지!" 눈시울을 붉히셨다. 살아가는 게 원수 같다는 말씀에 당황했다. 사랑하는 손자와 함께 있어도 채울 수 없는 결핍이 있다는 것을 이해할 수 없었다. 술을 밥처럼 먹는 남자는 부지기수이니 손찌검하지 않는 것만도 다행이라고 여기라며, 엄마가 어설프게 위로했다.

내 기억 속의 우정이 할아버지는 거의 매일 술을 마셨다. 여름 느티나무 그늘에서, 봄이 오는 밭두렁에서, 붉게 익은 감을 따던 들판에서도 술병을 들고 있었다. 눈이 내려 온 세상이 하얗던 겨울 아침, 골목길에서 마주쳤을 때도 할아버지 얼굴은 술기운으로 붉었다. 우리 가족 중 누구의 생일이거나, 제사가 있어 술을 담글 때에는 꼭 할아버지를 불렀다. 할아버지는 한잔이라도 더 마시려 했다. 농사철이라 일거리가 많은 집에 방해가 된다며 그만 마시라는 할머니의 말을 한 번도 들어 주지 않았다. 아버지가 먼저 일어서면, 얼른 한잔 더 비우고 안주는 손에 들고 나갈 정도였다. 지금 생각해보면 심각한 알코올 중독자였다.

하루도 거르지 않고 술을 마시는 할아버지로 인해 울화증이 쌓인 할머니는 가슴을 치며 울기도 한다고 했다. 손자마저 떠나면 무슨 재미로 사느냐며 노심초사 한다고도 했다. 우정이가 시골 할아버지 집에 올 때, 일곱 살이 되면 엄마가 있는 도시로 돌아가 유치원을 다니기로 했다는 말을 들었다. 할머니는 우정이를 따라가서 아들네 살림을 해 주면서 함께 살고 싶어했다. 하지만 요즘 며느리들은 시어머니랑 함께 사는 걸

싫어하니 할머니의 걱정이 컸다.

내가 대학을 졸업하고 직장생활을 할 때였다. 아버지의 생신에 맞춰 시골집에 갔다. 할머니는 우정이를 따라 아들네로 가고, 할아버지 혼자서 식사를 하러 오셨다. 손자를 데려다 주러 가서, 며느리가 눈치를 주는데도 불구하고 눌러앉아 오지 않는다고 했다. 할머니가 부지런하고 깨끗해서 며느리 미움은 받지 않을 거라며, 엄마가 슬쩍 할머니 편을 들었다. 그 후로 난, 할머니를 다시 만나지 못했다. 명절이 되면 우정이를 데리고 아들과 며느리는 할아버지를 찾아왔지만 할머니는 오지 않았다. 명절이 끝나 모두가 돌아가고 난 뒤, 우리 집에 오신 할아버지는 술에 취해 세상 아무도 필요 없다며 고함을 질렀다. “할마이 있을 때 좀 잘하지 그랬어요?” 술잔을 다시 채워주며, 무엇이 서러웠는지 엄마는 울먹거렸다.

할아버지는 소를 대여섯 마리 길렀다. 손수 밥을 지어 먹으며 광속에서 시신이 발견될 때까지 오 년을 사셨다. 할아버지가 돌아가시고 이듬해 봄에 친정에 들른 나는 뒤늦은 부음을 전해 들었다. 시신을 옮기려 영구차가 왔을 때도 할머니는 보이지 않았다고 했다. 엄마는 처음으로 인정머리라곤 털끝만큼도 없는 할머니라고 나무랐다. 할아버지네 집은 비었다. 담 너머로 본 샘터 포도나무에 파릇한 새잎이 쓸쓸하게 돋아나고 있었다. 그 후로 할아버지 집엔 아무도 찾아오지 않았다.

사랑은 필요할 때 다시 시작할 수 있는 것이 아니다. 마음이 변하지 않았다고 사랑이 영원한 것도 아니다. 사랑했던 마음을 덮어버릴 미움과 원망, 무관심을 적절하게 벌초해 줘야 한다. 주고받을 수 있는 마음자리를 항상 보듬고 가꾸어야 하는 가녀린 들꽃 같은 게 사랑이다. 사랑을 주고 싶었지만 받아주는 마음을 잃어버렸던 할아버지는 외로웠을 것이다. 젊어서 한때 사랑했던 감정이 너무 훼손되어 돌아보기도 싫었던 할머니도 가엾다.

연말연시라 연일 술에 취해 귀가하는 남편을 보고 있자니, 문득 할아버지 생각이 난다.

가

엾

은

할아버지. ♠

〈2008. 1.〉

서럽던 날

결혼을 하던 해 5월 5일이었다. 며느리로서 모셔야 하는 첫 제사 날이기도 했고, 나의 결혼식 사회를 맡았던 남편 친구의 결혼식 날이기도 했다. 결혼식은 오후 두 시였다. 제사 음식 준비가 마음에 걸렸지만 남편을 따라 나섰다. 시어머니와 형님은 마음 편히 다녀오라고 했다.

예식이 끝나고 식사를 하러 갔다. 하객이 너무 많아 앉을 자리가 없었다. 남편의 친구가 오랜만에 팔공산에 가서 점심을 먹자고 했다. 천지가 푸르러 오는 오월인데 팔공산이라니, 귀가 솔깃했다. 마음이 들떠 정장 차림 그대로 남편보다 먼저 차에 올랐다.

차가 없던 우리 부부는 승용차로 하는 편안한 봄나들이에 흠뻑 빠져 들었다. 사소한 농담에도 큰소리로 웃었고 라디오에서 흘러나오는 유행가를 따라 부르기도 했다. 흥에 겨워 같은 노래를 반복하고, 돌아가며 독창을 하기도 했다. 결혼하고 다섯 달도 안 된 새내기 며느리였던 나는 제사라는 사실을 쉽게 잊었다. 그저 푸른 산천이 좋고 노래가 흥겨웠다. '립스틱 짙게 바르고' 란 유행가는 그날 반복해서 불렀던 덕에 지금까지도 흥얼거리는 곡이다.

팔공산 파군재 삼거리를 지나 한티재를 넘어 효령으로 달렸다. 푸릇한 오월은 싱그럽고 황홀했다. 먼 길을 지루한 줄 모르고 달려가서 돌담으로 둘러싸인 어느 집에 들어가 늦은 점심을 먹었다. 술 한잔을 곁들인 잉어찜은 최고의 만찬이었다.

시간은 쏜살같이 흘러, 팔공산 기슭에 산그림자가 내렸다. 그때서야 제사 생각이 났다. 술기운이 확 달아났다. 조급증이 생겨 빨리 돌아가자고 재촉을 했다. 우리 일행은 허둥대며 귀갓길에 올랐다. 산모롱이를 따라 있는 일차선 도로는 주차장이었다. 차는 거의 움직이지 못했다. 기분이 좋았던 것은 잠시였다. 꼬불꼬불 끝없이 줄지어 선 차를 본 후로는 무슨 이야기가 오고 갔는지 전혀 기억이 없다.

시집을 와서 처음으로 모시는 제사인데 발만 동동거렸다. 어두워지고도 한참이 지났다. 당황해 하며 시댁 현관에 들어섰을 땐 밤 아홉 시가 넘었다. "뭐 하러 들어와 들어오긴? 너 없이도 여태 제사 잘 지냈으니 들어오지 말고 나가 죽어라."

시어머니는 다짜고짜 몰아붙이기 시작했다. 나가 죽어라니, 시어머니의 말투가 거칠다는 건 짐작했지만 얼굴이 화끈 달아올랐다. 어떻게 해야 할 지 난감했다. 제기祭器에 음식을 담던 형님이 악의가 없는 말이니 한쪽 귀로 듣고 한쪽 귀로 흘려버리라고 위로했다.

무안하고 민망한 마음을 다독이며 제례를 마쳤다. 그때까지 남편과 나는 저녁을 먹지 못했다. 제삿밥을 먹기 위해 가족이 둘러앉았다. 제사 나물을 좋아했던 나도 그릇에 밥을 비벼 방으로 들어갔다. "뭐 한 게 있다고 밥을 처먹어? 밥도 먹지 마." 시어머니는 또 한번 거친 말을 내뱉으며 내 가슴에 대못을 박았다. 나는 결국 눈물을 흘렸고 제삿밥을 먹지 못했다.

스물여섯이었던 결혼 첫 해의 오월을 생각하면 지금도 눈물이 난다. 몸 둘 바를 몰라 하던 어린 '내'가 가엾다. 그때의 시어머니에 대한 서운함은 세월이 흘러도 시들지 않고 생생하다. 비수 같은 말이 다른 쪽 귀로 흘러 나가지 못하고 가슴에 고여 시뻘건 상처가 되었다. 훗날 나도 며느리를 얻게 될 것이다. '예상하지 못한 정체에 마음 많이 졸였지? 배고픈데 어서 들어와 식사하자' 며 웃어줄 것이다.

〈2007. 11.〉

오는 말이 미워도 가는 말이 고울 때

오랜만에 남편이 먼저 산행을 하자고 한다. 팔공산 순환도로를 따라가다 부인사夫人寺로 들어서 서봉을 향한다. 장마철이라 등산객이 거의 없다. 앙상했던 작년 겨울, 서봉에 올라 눈꽃을 본 후 처음 하는 산행이다. 신갈나무 푸르고 칡넝쿨이 무성하다. 이끌어 주는 이 없어도 저 홀로 여름을 지나면서 원숙해진 숲이 대견하다.

폭우와 태풍을 견디고 장마와 가뭄을 건너던 지난 여름 내내 눈길 한번 주지 않던 내가 미웠나 보다. 무성한 잎으로 무장한 숲은 쉽게 길을 내어 주지 않는다. 누군가 앞서 갔지만 웃자란 풀잎이 덤불을 이루어 길을 가렸다. 가야 할지 말아야 할지 망설였다. 몇번을 되돌아 걷고, 내려왔던 길을 다시 오른다. 길은 끊겼다가 이어지고, 이어질 것 같아 걷다 보면 사라지고 없다.

이곳저곳 헤매다가 결국 길을 잃었다. 나뭇가지와 풀숲에 걸려 있던 거미줄이 머리카락과 얼굴에 축축하게 감겨 온다. 하늘을 가린 나뭇잎 사이로 떨어지는 빗방울이 서늘한 바람을 몰고 가다 오다 한다. 구월이라지만 스산한 산길이다. 숲속을 한참 동안 헤맸다. 비를 머금어 무거워진 하늘이 이마까지 내려왔다. 풀들이 아무렇게나 자라 어지러운 숲속에 안개가 뿌옇다. 나뭇잎에 가려 하늘도 보이지 않는다. 안개비는 계속 내려 시야가 흐렸다. 등산길을 찾기가 어려워 정상에 오르기를 포기하고 산에서 내려가기로 한다.

숲속을 헤매느라 점심시간이 지난 줄도 몰랐다. 허기가 한꺼번에 몰려온다. 평평한 곳에 앉아 도시락을 푼다. 정상에서 마시려던 막걸리를 한 잔씩 나누어 들고, 길을 내어 주지 않는 팔공산을 위한 진혼鎭魂을 한다. 산을 오르면서 정상을 포기하는 건 유쾌하지 못한 일이다. 술잔을 채워놓고 이런저런 이야기로 마음을 달래고 있는데, 문득 사람 소리가 들린다. 비를 맞지 않으려고 급히 내려오는 한 무리의 등산객이다. 등산로에서 벗어나지 않았다는 안도감에 수런거리는 사람 소리가 더욱 반갑다. 붙잡아 술이라도 한잔 권하고 싶다.

앞서서 급하게 내려오던 남자가 젖은 풀을 잘못 딛고 미끄러진다. 술이 가득 담겨있던 종이컵이 남자의 발에 차여 순식간에 나에게로 날아온다. 길 아래에 앉았던 나는 막걸리 한 잔을 고스란히 뒤집어쓴다. 온몸에서 풍겨나는 막걸리 냄새가 불쾌하다. 얼굴과 팔, 다리에서 비에 섞인 술이 흘러내린다. "하필이면 잔을 길에 두고 그러시오? 참 …….." 적반하장도 유분수지, 남자가 불만을 터뜨린다.

뒤따라 내려오던 아내로 보이는 여인이 엉뚱한 남편의 말에 당황해 하며 연신 머리를 조아린다. "등산로도 모르고 길 중앙에 앉은 제 잘못인데요. 괜찮아요." "막걸리 냄새는 정말 불쾌한데, 이를 어쩌지 …….." 여인이 걱정을 한다. "이럴 때가 아니면 언제 술독에 빠져 보겠어요? 목욕하고 옷은 빨면 돼요." 전혀 생각하지 못했던 말들이다. 막걸리 한잔이 내 언어에 마술을 걸었나, 아니면 팔공산에 바쳤던 진혼이 술잔이 뒤집히던 순간의 불쾌감도 함께 품어 가 버렸나.

엉뚱하게 방향을 튼 말〔言〕이 푸른 산을 휘감고 흐르는 물이 되니 뒤따르던 일행도 함께 사과한다. 젊은 아주머니가 수월하게 받아줘서 고맙다며 남자도 웃는다. 진회색 구름으로 무거운 하늘 밑, 젖은 나무들 사이로 웃음이 꽃이 된 등산객이 물처럼 흘러 내려간다.

인적이 다시 끊기고 숲속엔 안개비만 자욱하다. 남편과 나는 남은 술을 마저 나누어 마신다. 산속에서 남편과 둘이 호젓하게 술잔을 기울이기는 처음이다. 길을 잃었다는 초조감은 사라지고, 정겨움이 잔잔한 호수를 이룬다. 순純해진 눈으로 산중에서 맞는 비는 마음을 설레게 하는 향수香水다. 다시 젊어져 푸릇한 청년과 데이트를 하는 듯 야릇한 기분이 좋다. 약간 취해서 맞는 초가을 비가 부드럽다. 부슬거리던 비가 점점 굵어지고 있다. 낯선 길이라 하산을 서두른다.

층층 나뭇잎을 타고 내려오며 굵어진 빗방울이 걸음을 재촉한다. 급하게 뛰어 내려가다가 조금 전의 등산객과 만났다. 실수를 하고도, 오히려 화를 내던 남자가 먼저 말을 걸어온다. "내가 차 버려 못 드신 막걸리를 대접하고 싶은데, 한 잔하시고 갈랍니까?" "가을비도 촉촉이 내리니, 술맛이 기가 막힐 것 같은데요." 남편의 맞장구에 모두가 웃는다. 앞서거니 뒤서거니 우리는 동행이 되어 내려온다. 부산한 발걸음에 맞춰 후둑거리는 빗소리가 경쾌한 멜로디로 숲속에 가득 차온다.

주차를 해 둔 부인사까지 함께 내려왔다. 우리는 막걸리를 마시러 가지는 않았지만, 자판기 앞에서 커피를 나누어 마시고 웃으며 헤어졌다.

〈2007. 9.〉

위대한 것은 말이 없다

어깨가 뻐근하고 팔목이 시릿했다. 힘이 빠지고 엄지손가락에 통증이 몰려와 들고 있던 샤워기가 바닥에 떨어졌다. 오른쪽 팔에 적신호가 왔나 보다. 오른쪽 손과 팔은 신체의 다른 부분에 비해 많은 일을 한다. 순간, 순간을 클로즈업해 보면 오른손의 부지런함에 따라 일상의 맵시가 달라지는 걸 쉽게 볼 수 있다. 먹거리, 차림새, 마음의 평화까지도 오른손의 활약에 따라 전혀 다른 모습으로 바뀐다. 우리 삶에 있어 참으로 알토란같은 존재이면서도 그만한 대접을 받지 못하는 게 오른손과 팔이다.

대접은커녕 오히려 궂은일마다 앞장서야 하는 운명이 마치 집안의 '주부' 같다. 밥 청소 빨래 같은 건 누구에게나 항시 필요한 생존임에도 불구하고 인류의 오랜 통념은 잡다하게 많은 그 일을 '주부 역할'이란 모호한 이름에 뭉뚱그려 놓았다. 무슨 의도나 어떤 필요에 따라 그렇게 되었다는 역사적 고증을 생략한 체 주부의 고유한 정체성처럼 관습화시켰다. 하루도 빠짐없이 반복되는 먹고 자고 싸는 것과 관련한 자잘한 일이 '주부'란 역할에 통째로 떠맡겨진 것이다. 살아가려면 누군가는 반드시 해야 하는 귀찮은 일을 의무처럼 계속하면서도 대접을 받지 못하는 '주부 역할' 같은 게 우리 몸의 오른손이다.

나의 오른손도 마찬가지 처지다. 집안에 대소사가 있거나 홀로 사시는 아버지께 가는 날이면 온종일 바쁘다. 뒤집고 비틀고 당기면서 뭔가를 계속한다. 산적을 꿰거나 음식 재료를 다듬는 단순한 경우만 봐도 그렇다. 슬슬 놀아가며 대충 손가락만 움직이면 될 것 같지만 속내는 전혀 다르다. 짧게 반복되는 행위를 계속하기 위해서는 오른쪽 근육 전체가 늘 긴장해 '준비완료' 대기 중이어야 한다.

오늘도 그랬다. 아이들 세끼 밥과 일 주일분의 아버지 먹거리 준비를 하느라 꼬박 열세 시간을 움직였다. 물론 백 킬로 거리의 친정까지 자동차로 왕복한 시간이 포함되긴 했지만, 그 정도면 인류의 역사를 바꿀 중대한 사건들이 숱하게 발생할 수 있는 시간이다. 비행기로는 중국 상해를 세 번, 선박으로는 부산에서 큐슈까지 두 번은 왕복할 수 있고 지구 반대편까지도 갈 시간이다. 그런 귀한 시간동안 나의 오른손은 단단한 꼬막 껍질을 까고 미끌거리는 오징어 젓갈을 다지며 국을 끓이는 일에 보내 버렸다. '주부 역할'이라는 사회적 통념에 소속된 오른팔이 가져야 하는 태생적 비애다.

김치 한 포기 먹는 일조차도 오른팔이 나서야 한다. 냉장고에서 무거운 김치 통을 들어 올리려면 오른 팔뚝 근육에 불끈 힘이 들어간다. 도마에 얹어 칼질하고 그릇에 옮겨 담기까지 오른쪽 손과 팔, 어깨는 긴장한다. 왼팔은 눈치껏 보조만 하지 절대로 앞서지 않는다. 마치 집안의 '남편'같다. 칼질이 어긋나지 않게 살짝 눌러주곤 그릇으로 옮겨 담을 때도 그저 슬쩍 받칠 뿐이다.

다림질을 하거나 청소기를 돌릴 때도 왼손은 그저 편하다. 오른손이 무거운 다리미를 들고 주름을 펴느라 낑낑거려도 왼손은 빨래 한쪽 끝에 살포시 올라앉아 사르르 조는 듯한 포즈로 까닥인다. 청소기의 코드를 뽑고 꽂는 일부터 시작해 집안 구석구석을 돌며 힘을 써 밀고 당기는 노가다는 언제나 오른쪽 일이다. 그러다 보니 왼쪽보다 팔뚝도 굵고 손가락도 억세다. 물론 손아귀의 힘도 더 강하고 피부도 거칠다.

부드럽고 날씬한 외모가 대접받는 요즘 시대에, 오른쪽은 별 관심을 끌지 못하는 둥글넓적한 '아줌마' 같은 존재다. 없어도 괜찮고 있으면 조금 편한 그저 그런 존재다. 생존에 직접적 영향을 미치면서도 그만한 가치를 인정받지 못하는 것이다.

한 몸이라 둘이라고 부르기가 민망한 팔도 이러한데 하물며 두 몸으로 한 가정을 이룬 '부부'의 처지에 이르면 정도는 사뭇 심각하다. 우리 몸도 양손잡이나 왼손잡이가 있듯이 부부의 역할도 동등하거나 바뀌는 경우도 있다. 하지만 대부분 가정의 오른팔은 단연코 엄마인 '주부'다. 나도 그렇고 엄마도 그랬고 할머니의 할머니도 그랬을 것이다.

아이를 낳아 기르는 일부터 가족의 의식주에 이르기까지 강요하지 않아도 애를 끓이며 먼저 나서는 쪽은 '엄마'다. 가족의 육체적 정신적 건강부터 사시사철 옷가지며 하루의 먹거리에 이르기까지 손길 닿지 않는 데가 없다. 삶의 잔뼈가 왼팔보다 굵어지는 건 당연하다. 뿐만 아니라 이런저런 사람살이에 시달리다 보니 뾰족하던 마음의 각도 둥글둥글 넓어지고 무뎌져 '아줌마'가 되었다. 꼭 오른손 같다.

젊은 날의 예민하고 날렵하던 여성적 특성이 '엄마의 일상'을 통과하면서 헐렁해지고 수더분해진다. 파도치며 날뛰던 서운함과 슬픔을 접고 접은 세월의 흐름 안으로 철들지 않은 거, 불편한 것들을 무던히 받아들여 인생의 '바다'가 되었다. 많은 것을 수용하면서 생명까지 키워내는 위대한 바다가 된 '주부'를 아줌마 패션이니, 아줌마 파마, 아줌마 팔뚝 같은 말들로 얕잡아 부른다. 천박해진 사회의 저급한 가치기준이다.

참고 기다리며 살아 낸 숱한 세월을 어수룩하고 몰개성적인 집단으로 통칭하고 있으니 참으로 씁쓸한 일이다. 개성이 자본이 되는 시대에 있어도 그만 없어도 좋을 '헐렁한 고무바지' 취급이나 받으니 '엄마'의 오른팔 역할이나 '오른팔'의 엄마 역할 모두 서럽고 억울하기는 마찬가지다. 세상에 억울한 게 어디 오른팔과 주부뿐이랴.

인생살이를 가만히 들여다보면 생명에 가까운 행위나 물질일수록 실체가 잘 드러나지 않으면서도 그 역할이 매우 소중하다는 걸 쉽게 알 수 있다. 사랑이나 용서, 물 공기 같은 것은 생명을 살게 하는 근원이면서도 구체적 실체로 드러나지 않는다. 없는 듯 조용히 우리와 더불어 살아갈 뿐이다. 가치를 인정받지 못한다고 화를 내거나 싸움을 걸어오지도 않는다. 또한 새파랗게 토라져 베풀던 혜택들을 한꺼번에 거두어들이는 치졸함이나 유치함도 보이지 않으니 참으로 대인의 풍모다.

욕망 가진 인간이 도저히 흉내 낼 수 없는 덕목으로 자리매김 된 세상의 많은 것들은 유별스럽게 그 모습을 드러내지 않는다. 그저 보이지 않는 공기처럼, 잡히지 않는 물처럼 번지고 스며들어 생명을 키울 뿐이다. 낮은 곳이라 꺼리지 않고 지저분하고 천박하다고 피해 가지 않는다. 제일 밑바닥으로 흘러들어 패이고 깨진 곳을 어루만지고, 번지듯 스며들어 생명이 된다. 먼 옛날 미개했던 크로마뇽인을 만물의 영장으로 키운 위대한 자연처럼 그저 고요히 낮게 흐른다. 썩은 흙에서 꽃을 피워 올리고 죽은 물에서 물고기를 키워 내지만 대가를 바라지 않는다.

관계 속에 살아가면서 상처로 얽히고설킨 사람살이에 말없이 스며들어 생명이 되는 위대한 것들을 생각해 본다. 우리 신체 중에는 오른쪽 팔과 손이, 역할 모델 중에는 주부가 단연 선두다. 오른팔이 주도하는 주부 역할이 세상에서 깡그리 사라져 버린다면 우리네 삶은 어떻게 될까.

고마운 주부이고 감사한 오른팔이다. 그들이 있음으로 가족이 건강하고, 건강한 가족이 건전한 사회의 기둥이 되고 나아가 인류가 맥을 이으며 살아갈 수 있는 것이리라. 이런 생각을 하며 오른손과 팔을 내려다봤다. 흐뭇함인지 측은함인지 모를 웃음이 입가에 돋는다. 누구도 알아주지 않을 위대함을 종일 실천한 오른쪽을 위하여 나는, 떨어진 샤워기를 왼손으로 주워 들었다.

〈2012. 9. 제10회 동서문학상〉

거목巨木

작지만 거목이었다. 오백 년을 살아왔는데 그녀는 고작 육 미터 안팎이다. 그것도 삶의 중간쯤에서 나뭇가지들이 일제히 땅으로 치달으며 바닥을 치기 전, 가까스로 방향을 틀어 다다른 세상의 높이다. 낮고 작은 그녀가 거목이라 불리는 건 순전히, 둥글게 잘 어우러진 유순한 몸매 때문인지도 모른다. 제각각의 방향으로 처지던 가지들이 마음을 추스르고 한결같이 하늘로 향한 모습은 장관이다. 차분할 속내와 가늠되지 않는 도량을 푸른빛으로 두르고 선 자태가 기품있는 여인 같다.

내가 그녀를 만난 건 힘겨운 일상에 어깨가 무겁던 지난 겨울이었다. 밖으로만 도는 남편, 혼자 사시는 늙은 아버지 뒷바라지에 직장 승진마저 요원한데, 제 단도리는커녕 매사가 불평불만인 아이들로 지쳐갔다. 하루하루가 고달팠다. 가슴이 답답했다. 나날이 더해지는 '엄마'의 역할과 의무에 넌더리가 나던 아침, 문득 그녀의 처진 어깨가 생각났다. 인터넷 서핑을 하다가 첫눈에 마음을 빼앗겼던 모습이다.

좌절과 아픔을 겪으면 어딘지 어두운 그림자가 있기 마련인데, 그녀는 맑고 단아했다. 바닥까지 내려간 자식을 보듬어 이끈 그녀가 참고 견뎠을 고통은 어떤 거였을까. 자식을 위해서라면 젖 먹던 힘까지 끌어내는 게 '엄마'다. 억척스러운 엄마였기에 엇나가던 가지 모두를 푸르디푸른 청솔가지로 키워낼 수 있었으리라. 내려앉다 솟구친 역전의 인생을 살아왔음에도 고요하고 태연한데다 매혹적인 귀티까지 흐르니 일순 당황했었다.

줄기 가운데쯤에서 가지들이 처지기 시작했으니, 인생으로 보자면 중년의 세월이다. 중년은 참고 견뎌야 할 것이 많은 시간이다. 꿈꾸던 결혼 생활과 현실과의 괴리, 의지와 다르게 커가는 아이들, 숱한 책임으로 늘 쫓기는 일상에 자신을 유폐시켜야 하는 시절이다. 그 세월의 한가운데를 사는 내가 찾아가면 맨발로 달려와 맞아 줄 것 같았다. 웅숭깊은 그녀의 품에 안겨 쌓인 서러움을 토해내고 싶었다.

일찍부터 서둘러 집을 나섰다. 전날 내린 폭설로 곳곳이 빙판이었다. 염화칼슘을 뿌려대는 트럭만 오갈 뿐 운문령을 넘는 차는 없었다. 하늘이 어둡게 내려앉은 재를 넘고 눈 쌓인 구비를 돌아 그녀를 찾아갔다. 조급한 마음과는 달리 자꾸만 미끄러지는 바퀴를 달래가며 겨우 닿은 운문사, 산사는 깊은 적막에 빠져 있었다.

산문을 들어서면서 만난 천연기념물 180호 처진소나무는 혹독한 추위 속에서도 꼿꼿했다. 석불도 범종도, 처마 끝 풍경마저도 지붕 안에 웅크리고 앉았는데, 그녀만 홀로 언 땅에 발을 묻고 서서 묵언 수행 중이었다. 예상대로였다. 반가운 마음에 달려가 손을 내밀었다. 그런데 이럴 수가! 고개를 돌리며 물러나는 것이 아닌가. 위로받을 거란 기대로 새벽 댓바람부터 달려왔건만 뜻밖의 외면이었다. 서운했다.

지친 내 중년을 가없이 보듬어 주리란 생각은 착각이었다. 주눅이 든 마음으로 경내를 돌아다녔다. 여기저기 자리를 잡은 국가지정 보물, 유형문화재로 비구니 도량道場은 유서 깊었다. 누군가의 도움으로 무엇이 되어 빛나는 문화재들 가운데서 그녀만이 자수성가한 자연이다. 비바람 불고 눈보라 치는 오백 년 세월 동안 스스로 수행하여 국보의 반열인 천연기념물에 올랐으니, 진인사대천명盡人事待天命의 성인이 아닌가.

천둥과 번개, 늦가을 찬 서리 같은 고난을 견뎌내면서도 추락하는 가지들을 다잡고 보듬어, 종국에는 거목이 된 그녀에 대한 경외심이 한기처럼 덮쳐왔다. 옷깃을 여미고 두 손을 모았다. 그제야 사위가 숙연해지고 눈꽃 위로 솔향기가 피어났다. 눈을 감으니 청정한 바람 한줄기가 불어왔다. 잎사귀의 눈을 내려놓은 가지가 흔들리며 속삭였다. 아파하지 마세요. 눈송이를 떨치듯 일상의 고뇌들을 내려놓아요. 한 생을 살아내는 일은 만만하지 않지요. '엄마'로 사는 여자의 일생은 더욱 고단할 수밖에 없다며 바람 사이로 제 몸을 드러내 보였다. 잘 자란 가지들 사이로 오래된 상처가 선연했다. 생가지가 잘려나간 흔적이다.

죽어 이별한 자식보다 급한 게 살아남은 자식의 한 끼 밥인 것이 '엄마'다. 유산한 몸으로 쪼그리고 앉아 아들의 이유식을 만들던 나처럼, 태어나자마자 죽은 아이를 짚 검불에 둘둘 말아 장맛비로 쿵쾅거리는 흙탕물에 흘려보내던 엄마처럼, 그녀 역시 남은 자식을 챙기느라 사별한 자식과의 애통함은 뒷전으로 밀어놓고 살았을 것이다. 딸아이가 죽어 나간 저녁에도 솔가지를 꺾어 밥솥 아궁이에 불을 지피던 엄마의 몸짓이, 지금에 와서야 눈물겹다.

거꾸로 커가는 자식을 바로 세워야 했던 절명의 순간에는 옷깃 한 번 스친 적 없는 쇠막대기와 동거도 서슴지 않은 그녀다. 자식을 위해 품어 안았던 생경한 쇠막대기조차 만인의 칭송을 받는 거목의 버팀대로 버무려 조화시켰으니 놀라운 사랑이다. 위대한 그녀가 웅얼거리는 낮은 바람 소리가 가슴을 파고들며 박혀와 반짝였다.

남편이나 승진에 대한 미련은 바람 불면 흩어지고 햇살 비추면 사위어 가는 눈과 같아요. 나무를 키우는 바람과 물 햇살인양 받아들이세요. 대가를 바라면 속상해서 고통스러워요. 삶이란 바람 잘 날 없는 한그루 나무와 같은 거지요. 그저 보듬고 사랑하세요. 자식을 낳고 다독이며 제 몫을 다하는 성인成人으로 키우는 참된 정성이 '엄마'라는 거목의 생명이랍니다. 세월에 다져진 마음과 서로 다름을 포용하는 너그러움이 거목의 나이테를 만든다고 했다.

처진소나무가 들려주는 이야기가 내 속의 서러움을 불러내어 울었다. 절망의 끝에서 만난 어쩌지 못한 악연마저 추앙받는 성인聖人의 배경으로 어우러지게 한 그녀의 삶이 깊은 울림으로 다가왔다.

불현듯 손과 발이 꼼지락거리는 생기로 간질거렸다. 지쳐 있던 내가 비가 온 뒤의 오월 들판이라도 된 걸까. 푸릇해진 손을 뻗어 바람이 밀어 온 솔가지를 어루만졌다. '엄마'는 진부한 꼰대가 아니라 진중한 사랑의 거목이라는 그녀의 뜻을 품고 돌아오는 운문령. 가파른 고갯길이 녹고 있었다.

〈2013. 1.〉

5 부

꿈꾸는 아이들

다시 만난 석이는 / 아들의 체면 / 단 하루만이라도 / 뒷심
맹꽁이 엄마 / 오월 단상短想 / 살림이 늘지 않아

다시 만난 석이는

"돈이 삼만 원 없어졌는데, 혹시 썼어?"

"무슨 돈? 내가 엄마 돈이나 몰래 훔치겠어요?"

"훔쳤다는 게 아니고 그냥 물어본 거야."

"꼭 내가 가져간 듯 물었잖아요. 돈이 얼마나 있었는지 어떻게 알아요?"

아들의 저항이 완강했다. 내가 없는 낮 동안 쓸 일이 생길까 현금을 몇 만 원씩 남겨놓고 출근을 했었다. 며칠 전에 사만 원을 두었는데 만원만 남았다.

"혹시 문제집이나 책 같은 것 사고 잊었을 수도 있잖아."

"왜 안 믿어요? 내가 그 많은 돈을 말씀도 안 드리고 가져가겠어요?"

신경질적인 반응이 날카로웠다. 내가 쓴 걸 잊고 아이를 추궁한다며 남편도 거들고 나섰다. 모두 모르는 일이라고 했다. 정말 내가 썼나? 마음의 갈피를 잡지 못해 그냥 덮기로 했다. 삼만 원을 다시 채운 지갑을 서랍에 넣고 금액을 확인했다. 사흘 뒤, 또 이만 원이 없어졌는데도 아들은 모르는 일이라며 손사래를 쳤다. 분명하게 확인한 돈이 하늘로 날았나, 땅밑으로 꺼졌냐며 다그쳤다. 정직하게 말하면 용서하겠다고 달래도 모르쇠로 일관했다. 뻔한 거짓말에 화가 나서 매를 들었다. 종아리에 피멍이 생기도록 맞으면서도 모른다고 우겼다. 오히려 자신을 믿어주지 않는 엄마가 밉다며 울었다. 미안하다고 등을 두드려 달래면서도 의심은 지워지지 않았다.

다음 날 아침, 아들을 깨우려 가니 베개가 젖어 있었다. 밤새 악몽에 시달렸는지 그때까지도 울먹이며 꿈속을 헤맸다.

"이제 돈이 없단 말이야, 엄마한테 들켰다고……."

"으으으……. 알았다고, 며칠 뒤에 한꺼번에 가져다줄게."

돌아누운 채 겁에 질린 목소리로 애원하는 눈가엔 눈물이 흥건했다. 가위에 눌린 작은 몸이 상처받은 새처럼 파닥거렸다. 말로만 듣던 학교 폭력의 피해자가 내 아들이었다니. 숨이 막히고 가슴이 아렸다. 아들은 덩치가 작고 몸이 약해 늘 불안했다. 아들을 괴롭히는 누군가에 대한 용서할 수 없는 분노가 치솟았다. 꿈속까지 따라와 괴롭히는 가해자가 견딜 수 없이 미웠다. 하지만 침착해야 했다. 내 뺨을 아들에게 갖다

대고 오른손으로 가슴을 토닥였다.

"돈 안 줘도 돼, 줄 필요도 없어. 진즉 엄마한테 말하지."

"말하면 가만두지 않는다고 했단 말이야. 으으으~ 석이는 우리 반에서 힘이 가장 세다고."

"그래도 말을 해야지. 선생님이나 엄마는 언제나 네 편이야."

"정말?"

잠결에 엉거주춤 대답하다가 잠이 깬 아들은, 머리맡에 선 나를 보더니 갑자기 울음을 터뜨렸다. 엉엉 소리 내어 울었다. 불안과 분노가 한꺼번에 분출되는지 거친 말들이 어지럽게 쏟아졌다. 석이에 대한 욕설과 자신을 비하하는 말들이 방 안 가득 흩어지며 마음을 할퀴었다. 울며불며 늘어놓는 일은 상상도 못했던 일이었다. 같은 반 석이한테 시달린 지 한 달을 넘고 있었다.

석이는 학급에서 덩치가 가장 크고 공부도 잘했다. 한 달 전이었다. 키가 작고 몸집이 왜소한 아들과 또 한 아이를 화장실 뒤로 불러내더니 이유도 없이 머리와 가슴을 수차례 때렸다. 주눅이 든 아이들에게 하루에 오천 원씩 바치고, 혹시 누구한테 말하면 가만두지 않는다고 으름장을 놓았다. 일주일 용돈이 오천 원이던 아들이 그 돈을 마련하기란 어려웠다. 보름 전쯤 한달 용돈 이만 원을 한꺼번에 받아 간 것도 석이에게 줄려고 그랬단다. 며칠은 버텼으나 일주일이 넘으니 속수무책이었다. 돈을 주지 않으면 맞아야 했고, 맞지 않으려면 돈을 훔쳐야 했다. 부모님께 죄송했지만 무서워서 어쩔 수 없었다. 또 다른 친구도 돈을 주냐고 물었다. 한번은 주었는데 다음날부터는 학교 수업 마치면 곧바로 집으로 도망간다고 했다.

"걔들 엄마는 직장에 안 다녀요. 석이가 집에까지 따라가진 않아."

그 아이 엄마는 전업주부여서 안전한 피난처가 되었지만 나는 직장인이었다. 퇴근해도 정리해야 할 가사가 많아 아이와 이야기를 나눌 시간도 모자랐고, 또 그러려고 하지도 않았다. 얼른 일을 끝내고 쉬려고만 했으니, 아들의 불안을 눈치챌 수 없었다. 마음 하나 기댈 언덕이 없었던 어린 아들이 얼마나 외롭고 무서웠을까. 고립무원이었을 아들의 쓸쓸함을 생각하니 가슴이 찢어질 것 같았다. 잘 견디었다고 등을 토닥이니, 아들은 또 울기 시작했다. 한참을 울게 내버려 두었다.

"원래 아이들은 많은 일을 겪으면서 자라는 거야. 힘들어도 잘 극복해야 되지?"

"상완이를 가장 많이 사랑하는 사람이 누구라고 생각해."

"가끔 화가 나서 꾸중을 하기도 하지만, 정말 미워서 그럴까?"

"엄마, 아빠 믿고 이번 일도 잘 해결하도록 하자."

여러 이야기를 나누는 동안 아들은 조금씩 진정되었다. 가지 않으려는 아이를 달래어 학교에 보내고 나는 직장에 연가를 냈다. 담임선생님을 찾아갔다. 선생님은 성심을 다해 맞아주었다. 학교에서 돈을 뺏는다는 소문이 있어 설문 조사를 했지만 별다른 상황이 없어 안심했다면서, 매우 죄송스러워했다. 선생님은 석이 어머니랑 석이, 아들과 내가 만날 수 있는 장소와 시간을 주선해 주었다.

아들이 초등학교 오 학년이고 초록이 하염없이 지쳐가고 있었으니 2006년 시월 말쯤이리라. 어둠이 내려앉는 학교 앞 분식점에서 네 사람이 마주 앉았다. 내 옆에 바짝 붙어 앉은 아들은 석이가 두려워 고개를 들지 못했다. 석이도 어른 앞이라 고분고분 말을 들었다.

"석이는 잘 생겼구나. 만나서 반갑긴 한데 좋지 않은 일로 만나 별로다 그렇지?"

석이는 아무 말도 없었다.

"하여튼 이렇게 만나서 다행이야. 상완이가 준 돈이 전부 팔만 원이지?"

"아직 어려서 잘 몰랐겠지만, 아이의 잘못은 부모가 책임져야 해. 너희들은 재미로 한 일을 부모는 부끄럽게 책임을 져야 할 때가 있고, 가끔은 경찰에 잡혀가기도 해."

석이는 눈이 휘둥그레져 쳐다보았다. 나는 석이 어머니께 돈을 달라고 했고 석이 어머니는 팔만 원을 건네주면서 죄송해 했다. 받은 돈을 아이들에게 확인시켰다.

"네가 받아갔던 돈 아줌마가 다시 되받아간다. 이건 상완이네 돈 맞지."

"예에!"

석이의 대답이 늦여름 모깃소리보다 작았다.

"이번엔 이것으로 되지만 앞으로는 아니야. 석이가 한 일은 엄마가 책임을 져야 하는 거야, 금방 봤지?"

석이는 얼굴을 붉히며 고개를 숙였다. 그때서야 아들은 음식을 먹으며 석이를 바라봤다. 석이 어머니는 두 아이의 손을 끌어다 화해의 악수를 시켰다. 손을 맞잡고 있는 석이는 덩치가 상완의 두 배는 되었다. 앞으로는 사이좋게 지내라고 하시며, 두 아이의 머리를 쓰다듬었다. 우리 일행은 시켜 놓은 음식을 남기지 않고 먹은 후 악수를 하고 헤어졌다.

사건은 그렇게 해결된 듯했지만, 그 후로 난 근무시간 내내 불안했다. 같은 동네에 사는 철없는 아이들이라 언제, 무슨 일을 저지를지 몰랐다. 학교 수업이 끝날 때쯤이면 학원으로, 집으로 수시로 전화를 걸었다. 선생님께도 전화를 걸어 아이들의 학교생활을 묻고는 했다. 육 학년이 되어 다른 반이 되었을 때도 마음 한구석은 불편했다. 두 아이가 서로 다른 중학교에 입학할 때까지 걱정은 계속되었다. 두 학교의 거리가 많이 떨어져 마주칠 시간이 줄어드니 조금 안심이 되었다. 석이는 잊혀져 갔지만 아들은 여전히 걱정이었다. 아들의 친구를 만나면 빵도 사주고, 라면도 끓여 주면서 친하게 만들려고 애썼다.

살얼음 위를 걷듯 불안한 세월이었지만 시간은 흘러 아들이 고등학생이 되었다. 어깨도 제법 넓어지고 목소리도 굵어졌다. 일찍 등교하고 늦게 귀가하는 생활도 빠르게 적응했다. 그러던 삼월 어느 토요일이었다. 살가운 햇살에 목련이 흐드러지게 피어나고 매화 향기가 은은하게 코끝을 간질이던 나른한 오후였다. 아들의 휴대전화가 울렸다. 무심코 전화기를 드는데 발신자가 석이다. 사 년 전 악몽에 시달리던 아들의 모습이 떠올랐다. 얼른 통화를 눌렀다.

"초등학교 오 학년 때 상완이랑 같은 반이던 석이 맞지?"

"그런데요."

"네가 어떻게? 전화는 왜 했어?"

"아! 그냥, 초등학교 친구라서……."

숨기려고 했지만 나의 불편한 감정이 전달되었는지 석이는 머뭇거렸다. 손끝이 와들와들 떨렸다. 더는 연락을 못 하게 해야 했다.

"요즘 상완이가 게임을 해서 아줌마가 전화기 압수했어. 앞으로 전화는 집으로 해야 한다. 그리고 지금은 상완이가 없다."

다시는 전화할 엄두도 못 내도록 거짓말을 했다. 아들은 학교에 전화기를 가지고 다니지 않으니 거짓말이 들통날 일도 없었다.

"헐~ 알았습니다."

전화를 끊었을 때 아들이 문구점에서 돌아왔다. 아들은 석이와 고등학교에서 다시 만났다고 했다. 학교에서 매점도 같이 다니고 수학문제도 의논한다는 것이다. 석이가 공부도 열심히 하고 정말 착해졌다고 되풀이해서 하는 말이 뭔가를 숨기려는 과장된 몸짓 같았다. 마음에 걸렸다. 아들의 말을 믿기 힘들었다. 그렇지만 다 큰 아들에게 무작정 만나지 말라고 할 수는 없는 일이었다. 또 다시 불안이 시작되었다. 맞은 흔적이라도 남았나 교복을 꼼꼼히 살폈고, 돈을 얼마나 가져가나 체크했다.

불안하고 초조한 가운데 한 학기가 지났고, 이 학기 중간고사도 다 치룬 늦가을이었다. 빗줄기가 종일 흩날리고 거리엔 플라타너스 잎들이 무더기로 떨어졌다. 잔뜩 낀 구름 탓에 밤은 일찍부터 시작되었고, 어둠이 깊어 갈수록 기온이 떨어져 쌀쌀했다. 덧옷을 챙겨 아들을 데리러 갔다. 야간 자습이 끝난 이슥한 밤에 아들이 석이와 함께 나타났다. 같은 동네라 데려왔다는 아들의 변명에도 나는 '마지못해 데려온 건 아닌가?' 불안했다. 내 눈길이 사나웠는지 석이는 어색해 했다. 뒷좌석에 앉으며 인사를 건네는 석이를 백미러로 바라봤다. 뚱뚱하고 덩치만 컸던 초등학생 석이가 훤칠하게 자란 멋진 소년이 되어 앉아 있었다. 단정한 옷차림이 눈에 들어왔다. 착해 보이는 눈매와 수굿한 목소리에 마음이 놓였다. 석이를 감싸던 아들의 말에도 믿음이 생겼다. 사 년의 세월이 많은 걸 바꾸어 놓았던 것이다.

"오랜만이다 공부하느라 힘들지? 그래도 홧팅~."

"네, 감사합니다."

석이는 밝게 대답했고, 나는 웃으며 시동을 걸었다.

〈2012. 7.〉

아들의 체면

〈입학선물로 아버지가 '선물'이란 책을 주셨다. 중학생이 되었으니 현재의 시간에 충실하라고 말씀을 하셨다. 책을 읽고 나는, 현재가 미래와 연결되는 중요한 시간이라는 것을 알았다. 중학생이 되었으니 시간을 아껴서 열심히 노력하겠다.〉

우연히 보게 된 아들의 독서 노트 첫 페이지 일부다. 독서 노트는 2주마다 책 한권에 대한 감상을 적는 학교 과제다. 학원에서 돌아오는 아들에게 물었다.

"그 책은 엄마가 사 준 건데, 왜 아빠가 줬다고 했어?"

"그냥……. 숙제 검사 끝났으니, 이제 엄마가 주었다고 고칠까?" 어이없는 질문이었다.

초등학교 3학년 때도 비슷한 일이 있었다. 아들의 생일이 지나고 난 뒤였다. 아들의 일기장에서, 아버지는 선물로 책을 주었고 엄마는 케이크를 주었다는 내용을 읽었다. 책과 케이크는 모두 내가 샀는데 아들은 일기장에 거짓말을 써놨던 것이다. 그때도 난 똑같은 질문을 했었는데,

"맨날 일기장에 엄마 이야기만 나오면 선생님이 우리 아빠를 이상한 사람으로 생각할지도 모르잖아. 선생님이 우리 아빠 깔보면 어떡해?" 대답을 들은 나는 말문이 막혔다.

사람 만나기 좋아하고, 술 좋아하다보니 다른 아빠들처럼 가족에게 다정한 사랑을 나눌 줄 모르는 남편이다. 바가지를 수천만 번은 긁었지만 변할 수 있는 게 아니었다. 사 년이 지난 지금 또, 비슷한 상황이 벌어졌다. 나는 한참동안 할 말이 없었다. 무슨 말을 해야 할지도 몰랐다. 어설픈 덧붙임이 아들에게 가소롭게 느껴질지도 모르지 않는가. 아들의 마음속에, 제가 몸담은 가정이 상식적이지 않은 환경이라는 생각이 자라고 있다는 짐작만 했다. 불안했지만 누구와도 상의할 수 없었다. 남편에게 말을 하고 어떤 방향으로든 생활을 정리했으면 좋겠지만 할 수 없는 일이다. 내가 이런 얘기를 한다면 남편은 분명히 쓸데없는 걱정을 골라서 한다며 들은 척도 안 할 것이다.

나는 곧잘 아이들에게 자식들의 잘못된 행동은 부모의 허물로 되돌아온다는 말을 한다. 한번도 부모의 잘못된 생활이 자식들에게 상처로 새겨진다는 말은 하지 않았다. 겉으로 표현은 없지만 마음이 기우뚱하는 아들에게, 사랑이 꼭 함께 해야만 하는 것이 아님을 느끼도록 하고 싶었다. 조급증이 일었지만, 어차피 인생은 무소의 뿔처럼 혼자 걷는 것이거늘.

진흙탕 속에서 연꽃이 피고, 펄펄 끓는 쇳물에 담금질 된 무쇠가 강한 것처럼 내 아들도 고난을 헤쳐 나가는 중에 거목이 되었으면 좋겠다. 모자란 부모의 허물을 그리 큰 터부로 삼지 말고, 스스로 체면을 세울 줄 아는 멋진 사내로 자라 주었으면 좋겠다.

〈2008. 12.〉

단 하루만이라도

"절에 가서 스님과 하룻밤만 자고 왔으면……."

여러 날 우울해하던 아들이 뜬금없이 내뱉은 말이었다. 책과 노트를 연이어 도난당하면서 전학을 하고 싶다, 아는 사람이 없는 곳에서 살고 싶다고 해 오던 터라 가슴이 철렁 내려앉았다. 학교에서 무슨 일이 있었느냐고 물어도 대답이 없다. 발육이 더디고 덩치가 작아 늘 애가 타던 아들이었다. 오랫동안 유아 티를 못 벗더니 사춘기도 늦어 고등학생이 되어서야 여드름이 생기고 목소리도 굵어졌다. 사소한 일에 신경질을 내고 말끝마다 토를 달아 비틀어댔다. 친하게 지내던 친구가 은근히 무시하고 이용한다며 분노를 터뜨리기도 했다.

담임선생님과 상담을 했지만, 별문제가 없다고 했다. 아들의 속내를 알 수 없어 답답한데 언론은 하루가 멀다고 학생들의 자살 사건을 보도했다. 별의별 생각에 불안했다. 어떻게든 고민을 풀어줘야 하는 때에 스스로 산사를 찾아가겠다니 다행이었다. 난데없이 스님이라기에 마뜩찮았지만, 설마 머리 깎고 입산이야 하겠는가. 누구에게든 제 속내를 털어내면 가벼워질 것이다. 하지만 종교가 없는 내가 산사로 아들을 데려가기란 쉽지 않은 일이었다.

"너랑 하룻밤 잘 만큼 한가한 스님이 계실지 모르겠다. 알아보긴 할게."

에둘러 말은 했지만, 모래밭에서 바늘 찾기만큼 막막한 일이었다. 걱정만 하면서 열흘이 지났다. 아예 반쯤 포기했다. 석가탄신일을 앞두고 거리마다 연등이 주렁주렁 매달렸다. 연등이라도 달면 어지러운 심사가 다독여질까 싶어 가까운 산사*에 들렀다. 주지 스님이 차를 한잔 주었다. 은근한 차 맛에 마음이 편해져서일까. 이런저런 이야기가 아들에까지 이르렀다.

"우리 절에 오세요, 소승이 하룻밤 데리고 자겠습니다."

뜻밖의 제안이었다. 어디쯤인지 짐작조차 어려워 포기했던 바늘이 너무 쉽게 손안에 들어온 것이다. 횡재에 당황하고 감격스러워 연신 고맙다는 말을 했다. 토요일을 골라 산사로 갔다. 돌아가신 친정어머니가 그랬던 것처럼 쌀 포대를 준비했다. 무거운 짐을 어깨에 진 것도, 불상 앞에서 합장한 것도,

스님이 손수 우려내는 차를 마셔 본 것도 처음인 아들이다.

찻잔을 마주하고 인사를 나누는 사이에 초저녁 어둠이 내렸다. 산속의 밤은 빨리 깊어진다. 떠날 채비를 하는 나를 붙잡는 아들의 손길에서 긴장감이 묻어났다. 돌아서 손을 잡아 주며 웃었다. 얼굴을 붉히며 모든 걸 낯설어하는 아들을 홀로 산사에 남겨 두고 나는 집으로 돌아왔다.

"미간 사이에 눈썹을 좀 뽑자구나."

공양 간에서 혼자 저녁을 먹는 아들을 바라보던 스님이 말씀하셨단다. 황토방에 편하게 눕히고 눈썹을 한올 한올 뽑아 나가셨다. 뺨과 이마 코, 턱밑까지 빼곡한 여드름투성이 얼굴 위로 장삼 자락이 슬쩍 지나면서 마음의 빗장을 풀었던가. 아들은 슬그머니 이야기를 시작했다. 친구들이 불친절해 학교에 가기 싫고, 공부해야 하는 이유도 모르겠으며, 아버지의 무관심, 대학 간판 하나로 모든 걸 판단하려는 어른들과 사회에 대한 불만이 봇물 터지듯 했다.

"스님처럼 머리 깎고 도를 닦고 싶습니다."

속세를 벗어난 수행도 좋지만 더불어 사는 사회에서 새로운 길을 개척하는 일도 멋지고 보람되지요. 세상을 위해 젊은이들이 할 일은 많아요. 주위를 살펴 한발 늦게 가더라도 맑고 밝은 마음으로 끝까지 가야 해요. 자기를 위한 욕심에서 나온 행동은 친구들의 질투와 미움을 불러옵니다. 학생을 힘들게 하는 친구를 보며 자신의 행동을 한번 돌아보세요. 스스로 원인을 찾고 바로 세워야 해요. 힘들어도 견뎌내야 합니다. 어떤 고민도 세번 이상 하면 안 돼요. 생각이 많다고 결과가 훌륭한 건 아니지요. 결정을 내리고 실천을 하면서 고쳐나가야 합니다.

"세상을 행복하게 할 꿈을 꾸세요. 그리고 성취하세요."

시험을 잘 치기 위한 공부가 되어선 안 됩니다. 꿈을 향해 꾸준하게 가세요. 그게 바로 수행이지요. 수행은 자신의 한계를 극복하는 거랍니다. 자신을 극복한 사람은 좋은 대학에 입학 허가를 받겠고, 어려운 공부도 잘하겠지요. 그다음엔 '내'가 아니라 남을 행복하게 하는 꿈을 꾸어요. 참, 아버지가 무관심해 싫다고 했지요? 아버지가 잘났건 못났건 자식들의 가슴 한쪽은 외롭기 마련입니다. 아버지를 존경할 수 있으면 좋겠지만 그렇지 않더라도 미워하지는 말아야 해요. 부모가 계셨기에 지금 학생이 소승과 마주 앉아 이야기할 수 있는 거잖아요. 그것만으로 충분히 감사해야 합니다.

눈썹을 다 뽑고도 스님은 아들과 마주앉아 밤이 깊도록 이야기를 나누었다. 산사의 풍경소리에 별빛은 영롱함을 더해갔고, 소쩍새 울음소리는 더욱 애달파져갔다.

다음 날, 이른 아침에 스님과 아들은 솔숲을 거닐었다고 했다. 안개가 옅게 드리운 새벽은 새, 바람, 물소리로 가득했다. 스님은 중얼거리듯 말을 했다. 서걱거리던 대나무 숲의 바람이 솔잎에 닿으면 쏴~ 파도로 변하고, 성급하던 겨울바람이 봄밤 벚꽃 잎을 간질일 때는 다정하기 그지없지요. 산속의 모든 것들은 시간과 공간에 따라 절묘한 인연을 만들어 내는데 볼수록 경이롭답니다.

"마음자리를 들여다보는 건 귀한 일입니다."

기말고사를 앞두고 산사를 찾아든 아들을 그렇게 어루만지셨다. 그시간에 공부하여 시험 몇 문제 더 맞히는 것보다 훨씬 값진 일이라고 하셨다. 새벽안개가 드리운 솔숲에서 초로初老의 수도승이 열일곱 소년에게 '고민이 있으면 언제든 찾아오라' 하셨으니 얼마나 가슴이 벅찼을까.

아들은 6 ~ 7킬로나 되는 산길을 걸어 내려와 버스를 타고 돌아왔다. 수고롭더라도 스스로 하는 습관을 길러야 한다는 말씀에 데리러 오라는 전화도 하지 않았다. 황토 방의 흙냄새며 밤이 깊도록 울던 소쩍새, 새벽 솔숲……. 산사의 풍경들을 전해주는 청량한 목소리에 내 마음마저 푸르러졌다.

"이것 봐 얼굴 여드름이 좀 사그라졌잖아, 자연이 가진 치유력은 대단해."

아마도 스님은 자연이 주는 치유력에 대한 말도 했던 모양이다. 여름 방학이 되면 다시 스님을 찾을 거라는 아들에게서 산사의 풍경소리가 들리는 듯했다.

〈2012. 6.〉

---

* 북지장사 : 대구 동구 도학동 620, 조계종 제9교구 동화사 말사

뒷심

예상하지 못했던 일이다. 대학에서 상담 심리학을 전공하고, 유학을 가서 박사학위를 받은 후 쌓은 실력을 사회로 환원하겠다는 생각까지 품다니. 놀라웠다. 한글을 읽기는커녕 제 이름도 쓰지 못하고 초등학교에 입학했던 딸이 인문계 고등학교에 입학했을 때도, 나는 내심 대견했었다.

딸은 고집이 세고 말 한마디도 지지 않을 만큼 자기중심적이었다. 초등학교 시절에는 또래 남학생들과 맞붙어도 끝까지 싸웠지 먼저 도망가지 않았다. 가냘프고 여린 꽃잎 같은 공주가 아니었다. 세상모르고 덤비는 선머슴 같아 지레 걱정이 앞서곤 했었다. 그러던 아이가 포부를 밝히며 미래의 삶을 그려 보여주니 당황했다. 걱정하던 것과 다르게 자라는 걸 보니 든든하기도 했다.

딸이 세 살 무렵이었다. 선풍적 인기를 끌던 보라돌이 뚜비 등 텔레토비 인형을 보물처럼 끼고 놀았다. 도시 외곽에 전세를 얻어 살던 나는 봄이 되면 산이나 들로 나갔다. 그날도 아이와 함께 냉이도 캘겸 점심시간이 지나도록 산과 들을 쏘다니다 돌아왔다. 배가 고파 칭얼대던 아이가 점심을 먹다말곤 숟가락을 내던지며 벌떡 일어섰다. 보라돌이를 산에 두고 왔다며 찾으러 가야한다고 했다. 아이 팔뚝보다 작은 인형을 넓은 산야 어디에 뒀는지 알 수가 없었다. 크고 예쁜 걸로 다시 사주겠다며 달랬다. 흡족했던지 점심을 마저 먹은 아이는 눈을 감으며 누웠다.

낮잠을 자겠지 여기고, 부엌 설거지를 했다. 이것저것 하다 보니 시간이 제법 흘렀다. 다리도 아프고 피곤해서 방으로 들어왔는데, 자고 있어야 할 아이가 없었다. 집 안을 둘러보아도 보이지 않았다. 밖으로 뛰쳐나가 이집 저집을 기웃거리며 물어보아도 아이를 보지 못했다고 했다. 겨우 세 살이라 걷는 일도 서투른데 대체 어디로 갔는지. 눈앞이 캄캄했다. 유괴당하는 아이도 많다는데, 별의별 생각이 들었다. 아이를 귀여워하던 옆집 할머니는 실종신고를 하라고 했다. 엄마가 아이 하나 지키지 못했다는 게 말이 되는가. 차마 실종신고를 하지 못하고 울먹거리며 동네를 돌아다녔다.

삼월의 해는 짧고 산 아래 마을이라 일찌감치 어스름이 내렸다. 황망한 마음에 빌라 주위를 다시 서성이는데, 저 멀리 야산 언덕을 아장아장 걸어 내려오는 딸이 보였다. 두 갈래로 묶은 머리가 바람에 날렸다. 눈물이 핑 돌았다. 한달음에 아이에게로 내달렸다. 산바람에 두 볼이 발갛게 상기된 딸은 웃으며 보라돌이를 내밀었다. 추운데 혼자 버려졌을 보라돌이가 불쌍해서 잠이 오지 않았다고 했다. 새 걸로 사 주겠다는 엄마의 달콤한 말은 조금도 위로가 되지 않았던 모양이다. 혼자 들길을 되짚고 산길을 걸어올라 인형을 찾아온 딸은 보라돌이를 안고 깊은 잠에 빠졌다.

초등학교 2학년 아침 식탁에서였다. 가을운동회 준비로 다소 분주한 날이었다. 낮동안의 운동회 준비로 곤한 잠에 빠진 아이를 깨워 등교시간에 맞추기가 힘든 때였다. 딸은 한 살 많은 오빠와 자주 말다툼을 하고 싸웠다. 제 오빠 다리가 닿았다고 한밤중에 일어나 시비를 거는 일이 허다했다. 잦은 다툼은 시간과 장소를 가리지 않았다.

그날도 된장찌게에 들어있는 두부를 서로 먼저 먹으려다 다툼이 일었다. 씽크대를 들락대며 어르고 말려도 막무가내였다. 서로가 지지 않았다. 오빠가 먼저 두부를 건져 먹자, 딸은 자기가 찜해 놨다며 다툼이 시작되었다. 네 것 내 것이 어디 있냐며 아들도 지지 않았다. 달래는 내 말은 귓등으로도 듣지 않았다. 난, 둘 다 숟가락 놓고 밥도 먹지 말라고 언성을 높였다.

오빠인 초등학교 삼 학년 아들은 겁을 먹고 고개를 숙였다. 하지만 딸은 "흥, 안 먹으면 되지." 하곤 숟가락을 식탁에 '탁' 소리나게 놓고 일어서더니 곧장 제 방으로 갔다. 책가방과 신발주머니를 들고 나와 인사도 없이 현관문을 나서는 것이 아닌가. 사태가 이렇게 되자, 다급해진 나는 아침을 먹고 가야 한다며 딸을 불렀다. 덧붙여 그렇게 나가면 혼낼 거라고 엄포도 놓았다. 물론 딸은 들은 체도 않았다. 뒤쫓아 나가면서 불렀지만 소용없었다. 아침을 굶고 배가 고플 아이를 생각하니 내 행동이 후회도 되었지만, 저 당돌한 계집애를 어떻게 키워야 하나 걱정이 앞섰다.

중학교 3학년 때다. 딸은 전교 수석권인 아이들하고만 어울려 다녔다. 중하위권이면서 성적 좋은 친구들과 같이 다니면 부끄럽지 않냐고 물어 본 적이 있다. 딸은 너무도 진지하게 "같이 다니는 아이들이 공부를 잘 해야 내가 뽀대 나." 했다. 그러던 딸이 하루는 학교에서 씨근덕거리며 돌아왔다. 수업을 마치고 사소한 일로 지현이와 서로 다투었다고 했다. 흙 묻은 발로 교복치마를 차고도 사과를 하지 않는 '지현'을 향해 세게 한방 날려 땅으로 주저앉혔다고 했다. 전교에서 늘 일등을 하는 지현은 딸이 다니는 학교의 학생주임이자 수학 선생님의 맏딸이다. 그래서 선생님들의 많은 관심과 사랑을 받았다. 비에 젖은 운동장에 주저앉은 지현은 울었다고 했다. 아버지가 선생님인 게 뭐 그리 대수냐며 한참을 씨근덕거렸다. 마음에 걸렸던 모양이지만, 난 딸을 꾸중하지 않았다. 매사에 주눅이 잘 드는 엄마보다 훨씬 당당하다는 생각을 했다. 처음으로.

딸의 인생설계를 듣고 나니, 이런 저런 지난 일들이 떠올랐다. 거칠고 고집 센 모습들 뒤에는 언제나 확실한 제생각이 받쳐주고 있었던 것 같다. 참 멋진 딸을 두었다는 생각이다. 뒷심있는 아이니, 제 삶을 설정하고 밑그림을 그려 보이는 건 어쩌면 당연한 것인지도 모르겠다.

딸! 네가 선택하는 모든 일을 지지하고 밀어주마. 네가 발휘 할 뒷심이 강하고 반듯할 거라고 엄마는 믿는다.♡♥

〈2013. 11.〉

맹꽁이 엄마

연일 사회면의 화두가 청소년 폭력과 자살이다. 아들 닮은 고등학생들이 성적 비관으로 투신자살을 하고, 딸 또래의 중학생들이 겪는 학교 폭력의 끔찍함이 상상을 초월한다. 대구 대전 경남 서울 장소를 가리지 않는다. 푸른 오월 같아야 할 청소년들이 가을 낙엽처럼 삶을 등진다는 소식이다. 남의 일 같지 않다. 사건을 접할 때마다 덮쳐오는 불안함에 온몸이 떨린다.

친구의 폭력을 견디지 못한 중학생 자살 사건 충격이 전국을 강타하여 온 국민이 전율하던 때였다. 아침 설거지를 하다가, 아파트 복도에서 여러 명의 동급생에게 한 학생이 수차례 집단 폭행을 당했다는 뉴스를 들었다. 현장을 목격한 주민 누구도 말리지 않았고 신고도 하지 않았다는 앵커의 설명이었다. 자극적인 걸 좋아하는 언론의 과장이려니 여기며 출근을 했다.

모닝차를 함께 마시는 동료들이 또래 아이들을 키우는 같은 처지라 자연스레 아침 뉴스가 화제가 되었다. 아들, 손자 같은 아이가 집단 구타를 당하는데 어른들이 모르는 척 지나쳤다는 보도는 사실이 아닐 거라는 말에 동료들은 반대했다.

"요즘 애들 정말 무서워, 함부로 끼어들면 큰 코 다쳐."

"말리려 들었다가 독한 마음 품고 우리 애들한테 복수해 봐? 하루아침에 집안 풍비박산 난다고."

"참고인 자격으로 경찰서에 불려 다니다 신상 정보 드러나면 뒷일을 어떻게 감당하려고……. 생각만도 끔찍하다."

전혀 예상하지 못했던 반응에 실랑이가 오갔다. 내 말이 어처구니가 없었던지 진위를 확인하겠다며 물어왔다. 식당에서 시끄럽게 돌아다니는 아이에게 낯선 손님이 호되게 꾸중을 하면 어떻게 할 거냐고. 상대방의 어투나 태도에 따라 달라지겠지만, 아이를 꾸중할 거라고 대답했다. 실제 상황이 아니라고 쉽게 말하지 말라며, 대부분 엄마는 손님과 맞붙을 거라고 했다. 어릴 때부터 기를 살려줘야 강한 리더로 자랄 수 있고 자유를 보장받아야 당당해지는데 이 모든 건 부모의 태도에 달렸다고 말했다. 다른 사람에게 불편을 주는데도 내 아이의 기를 살려야 한다니……. 이해할 수 없었다. 동료들은 세상 물정에 어두운 맹꽁이라도 만난 듯 힐긋거렸다.

고등학교에 입학하는 딸이 기숙사에 보내 달라고 졸랐다. 등하교 시간도 절약하고 절제된 식단으로 다이어트도 할 수 있어 일거양득이란다. 엎어지면 코 닿을 거리에 집이 있는데 무슨 가당찮은 말이라며 거절했다. 풋풋한 여고 시절을 콘크리트 속에 갇혀 지내며 등하교 시간까지 성적에 연연하지 말라 했다. 이것저것 고루 먹어야 건강한 체력을 기르고, 체력이 강해야 실력도 키울 수 있다며 다이어트도 반대했다.

딸은 "삼 년 새벽밥 짓는 수고도 덜고, 오가는 시간도 절약하라."는 엄마의 권유로 기숙사에 들어간 친구를 부러워했다. 친구 엄마는 전업주부지만 몇 숟가락 먹지도 않을 밥에 매달리지 않으니 현명하지 않냐며 입을 삐죽거렸다. 직장생활로 피곤하다면서 왜 고생을 사서 하려는지 모르겠단다. 다른 엄마들은 방학 동안 쌍꺼풀 수술도 해주고 다이어트 식단도 짜 주는데, 하루도 거르지 않고 세끼 밥만 꼬박꼬박 먹여대는 엄마 때문에 뚱뚱해지기만 한다고 눈을 흘긴다. 나는 딸에게 소통되지 않는 답답한 '엄마'다.

밤 열한 시가 넘어 아들이 돌아왔다. 피곤해 보였다. 교복도 벗지 않고 피아노 건반을 두드려 대더니 곧바로 인터넷 게임에 열중했다. 씻으라고 해도 들은 척도 않았다. 학생들의 연이은 끔찍한 소식에 놀랐던 터라, 더는 말하지 못했다. 밤은 깊어 가는데 게임에만 빠져있는 아들이다. 공부에 스트레스 받지 말라며 조심스럽게 말을 꺼냈다. 허울 좋은 대학 이름 보다는 원하는 분야에서 꾸준히 노력하는 게 승패의 열쇠라는 말도 친절하게 덧붙였다. 스스로 삶의 주인이 될 때 행복할 수 있다는 말을 잇다가 성난 아들의 반격에 놀라 이야기를 멈췄다.

어떤 대학을 졸업하느냐로 사람의 가치가 결정되는 사회인데 세상을 물로 보느냐며 핀잔을 주었다. 주말도 없이 학원 다니고 밤 늦게까지 과외 수업을 받아도 지방대 인기학과에도 입학하기 어렵다며 버럭 화를 냈다. 나가 달라는 사뭇 당당한 요구에 방문을 닫고 나왔다. 어느 방향으로 어떻게 분출될지 모르는 아들의 에너지가 날것으로 화끈거려 문 밖에서 한참을 서성였다.

아들은 방학과 주말, 잠자는 시간까지 꼼꼼히 점검하는 입시전문가 엄마를 필요로 하는데 현실과 담쌓은 말이나 해대고 있으니 참으로 답답할 거다.

눈에 보이는 것들이 중요한 시대다. 물질 만능을 향한 세월의 질주에 가속 페달이 달려 눈앞이 어지럽다. 애써 겨우 현실에 근접해도 빈틈없는 시간의 바퀴에 금방 튕겨나가는 나는, 시대의 구심력을 잃은 엄마다. 또한 조화된 영양 식단이 지천인데 탄수화물 덩어리인 밥이나 꼬박꼬박 먹이려 들고 배추 무말랭이 우엉 김치 같은 나트륨 함량이 높은 반찬이나 사철 먹여대는 무식한 엄마다. 그뿐이랴. 시대의 최고 가치라는 외모 돈 권력을 슬쩍 무시해 버리는 나는 현실감각이 턱없이 모자란 영락없는 '맹꽁이 엄마' 다. 참으로 한심한 노릇이다.

청소년 사회문제가 급부상하는 무거운 시대에, 촌스럽기 그지 없는 맹꽁이 엄마는 어디로 가야하는 걸까. 답답하다.

〈2012. 2.〉

오월 단상短想

오월인데 바람이 거칠다. 느티나무가 몸부림친다. 휘어지는 줄기가 땅을 향해 내리꽂히다 곧장 하늘로 치솟아 오른다. 깊은 허공을 퍼 올려 망망한 우주로 보내는 펌프질 같은 출렁임이 멈추지 않는다. 아파트 마당을 가로질러 달려드는 바람에 요동치는 느티나무가 시선을 잡는다.

베란다에서 내려다보이는 화단에는 소나무와 측백 목련 그리고 느티나무가 산다. 붉은 벽돌을 낮게 둘러친 울타리 안에 가족처럼 모여 있다. 겨우내 잎들을 지켜낸 소나무와 측백이 부모라면, 계절에 따라 시시각각 변하는 목련과 느티나무는 방황하는 자식이다. 수많은 겨울을 헤쳐 온 측백과 소나무엔 인생이란 바다에 갓 나온 애송이 같은 연둣빛이 없다. 검푸른 빛을 온몸에 두르고 장대한 시간 앞에 선 당당한 노장이다.

바람따라 좌충우돌하는 느티나무가 툭, 툭 부딪쳐 와도 말없이 어깨를 내어준다. 흔들리는 청춘을 쉬게 하는 안식처의 형상이다.

까불거리고 촐싹대며 속내를 숨기지 못하는 건 목련도 느티나무와 마찬가지다. 잠시 찾아온 봄기운에 혹해 하얀 꽃을 무더기로 피워 올리더니 연이어 닥친 꽃샘바람에 맥없이 꽃잎을 떨어뜨렸다. 예기치 못한 좌절을 겪은 목련은 '선구자'의 고됨을 알았던가. 꽃이 진 자리마다 푸른 잎을 밀어 올렸다. 섣부르게 내딛던 발걸음을 감추고 은근슬쩍 오월의 대열에 합류해 푸른 잎으로 넘실댔다. 영락없는 동색의 초록이다. 화단의 가족 모두 나름의 방식으로 바람에 적응하는데 유독 느티나무 몸짓만이 요란하다. 어린잎은 마구 뒤집었다 폈고, 늘어진 줄기들은 허공에 아무렇게 휘둘린다.

변화에 무난히 적응하는 딸이 목련이라면 예민한 감정으로 걱정을 앞세우는 아들은 느티나무다. 오늘 아침도 그랬다. 중간고사 결과에 의기소침해진 아들은 우울했다. 내뱉는 말마다 가시가 돋아 옆에 앉기가 조심스러웠다. 시험이 뭐 그리 대수냐며 위로했건만 털어버리지 못했다. 오로지 제 길만 묵묵히 걷는 성숙한 사람으로 살아주면 좋겠는데, 비교하고 질투하면서 자신을 괴롭힌다. 운이 없는 아이라고 실망하고 자책했다. 그러던 아들이 모처럼 늦잠을 잤다. 조용하게 식사 준비를 마치고, 혹여 단잠이라도 깨울까 조심해서 방문을 열었다. 그런데 이럴 수가. 진즉에 잠을 깼던 모양이다. 이어폰을 꽂고 뒤돌아 앉은 아들의 등이 무거웠다.

"일요일인데 쉬지 그래. 시험결과에 너무 마음 쓰지마."

"엄만 내가 대학을 못 갔으면 좋겠어, 도와주지는 못할망정 오히려 방해야."

"대학은 중요하지 않아, 꿈을 포기하지 않아야지."

"꿈도 성적이 좋아야지 이룰 수 있잖아."

의지가 단단한 건지, 웃자란 말만 무성한 건지. 나를 헷갈리게 하는 아들의 생각이 느티나무 가지처럼 요동친다. 감정의 끝이 태풍을 몰고 오는 비수가 될까 두려워 얼른 방문을 닫고 나왔다. 식사를 하는 동안에도 말끝마다 꼬리를 잡아 비틀고 상처를 냈지만, 짐짓 모르는 척했다. 폭풍우 가운데 선 아들이다. 허무를 퍼 올리는 듯한 거친 몸짓이 시지포스의 형벌이 아니길 기도했다. 난, 소나무와 측백처럼 그저 어깨를 내어주고 지켜봐야 한다.

시험 결과에 울고불며 징징대던 딸은 오월에 합류한 무던한 목련이다. 아침 일찍부터 촐랑대며 옷을 갈아입는다. 친구들과 영화도 보고 외식도 한다며 외출을 서두른다. 꽃샘바람에 하염없이 꽃잎 떨구던 목련이 맞나 싶을 정도로 천연덕스럽게 초록이 된 모습이다. 깔깔대는 웃음은 바람에 간지럼 태우는 잎들의 속살거림이다. 펼쳐지는 세상과 무던하게 손 맞잡는 딸이 고맙다.

생명의 속살 차오르는 오월이다. 젊음이 피어나는 계절이다. 농도와 모양새는 달라도 울타리의 초록은 서로 닮은 가족이다. 목련 옆에 소나무, 소나무 가지 사이로 느티나무 줄기들이 편하게 넘나든다. 제각각의 흔들림을 견디며 짙푸른 여름으로 향해가는 동색同色의 동행이 아름답다. 흔들리다 문득 고요해지고, 고요한 듯한 잎들이 곧 바람이 되기도 하지만 울타리를 벗어나지는 않는다.

천지가 꽁꽁 얼어붙었던 겨울에는 상상하지 못했던 어울림이다. 그러고 보니 겨울 속에 이미 오월이 내재하여 있었듯, 오월 속에도 겨울이 스며있다. 오월과 겨울은 등을 돌린 남남이 아니라 서로에게 손 내밀어 끌어주는 동반자다. 마치 아이의 고민이 나의 아픔이고, 나의 기다림이 아이에겐 든든한 의지처가 되는 것처럼. 서로 다른 나무들이 모여 단란한 가정을 꿈꾸는 듯한 화단을 바라보고 있자니 가슴이 뭉클하다.

오월을 '가정의 달'이라고 불렀던 최초의 사람은 누구일까. 그는 자연과 인간의 경계를 지워버린 최초의 현인이었을 지도 모른다. 〈2012. 5.〉

살림이 늘지 않아

김장하는 날이다. 백삼십 포기 정도의 배추가 절여져 있다. 오빠는 며칠 전부터 밭에서 배추를 뽑고 다듬어 소금으로 숨을 누르고 물까지 빼놓았다. 해마다 이맘때면 산골 친정집 마당에 모여 김장을 담근다. 마당 가장자리를 따라 둘러선 감나무에선 이따금 갈잎이 지고, 발갛게 상기된 식구들의 발걸음은 분주하다. 일 년 삼백육십오일 적막 속에서 잡초만 키우던 백여 평의 마당은 오랜만에 넘치는 활기로 넘실거린다. 아버지와 단둘이 살던 누렁개도 낯선 소란함이 반가운지 연신 꼬리를 흔들어댄다.

여든넷의 아버지도 바쁘다. 아픈 허리가 불편해 조금 걷다가 쉬고, 걷다 쉬고를 반복하면서 직사각형 앵글을 마당 한가운데로 끌어다 놓았다. 다시 뒤뜰로 돌아가선 편편한 나무판을 찾아왔다. 배꼽높이로 짠 앵글 위에 나무판을 얹고, 그 위에 비닐 장판을 덮으니 탄탄한 작업대가 되었다. "쪼그려 앉아 배추 버무리면 다리에 쥐나." 스치는 바람 같은 아버지의 말이 묽다. 막내 동생은 마당에 걸쳐진 가마솥에 물을 붓는다. 국자에 수북 퍼 온 된장을 슬슬 풀고 돼지고기를 덩어리째 삶는다. 아궁이에서 태울 장작은 조카들이 하나씩 안고, 끌고 나른다. 올케 언니는 무를 채 썰고 쑥갓을 다듬어 김치에 넣을 속을 준비하고 나는 깐 마늘을 다졌다. 아버지는 절인 배추와 무를 작업대에 올려놓았다.

아버지가 키운 배추와 무는 육질이 좋다. 올케가 직접 담그고 달인 멸치액젓은 짜지 않으면서도 묘한 맛을 낸다. 이것들이 하나로 버무려진 김치를 먹어 본 우리 아이들은 '외갓집표 김치'를 가져다 달라며 매년 성화다. 조금씩 얻어서 먹기엔 성이 차지 않아 올해는 아예 딸을 데리고 김장 일선에 나선 것이다. 오빠와 남동생은 크고 작은 독을 꺼내 씻었다. 어린 조카들은 흙 마당에 넘쳐흐른 물에 발이 젖을까 장화를 신고, 허드레 배추를 한 곳에 모으기도 하고 땔감 장작을 두셋 싣고 짐수레를 끌기도 했다. 자기들 세상인 양 뛰어다니는 조카들이 가끔 걸리적거렸지만, 허름한 옷에 장화를 신고 좇아다니는 모양새는 영락없는 일꾼이다. 다섯 살, 일곱 살 조카는 막내 동생의 아들이다.

이제 아버지가 마련한 작업대에 빙 둘러서, 절인 배추에 갖은 양념을 한 고춧가루를 버무리기만 하면 된다. 북적거림과 물건 부딪히는 소리가 오가는 가운데 점심시간이 되었다. 준비해 놓은 양념에 싱싱한 굴을 한 움큼 넣어 배추 두 포기를 버무렸다. 숨죽어 있던 배추가 양념장으로 모양을 갖추니, 부끄러운 새색시 마냥 발그레한 김치가 되었다. 군침이 돌았다.

마당에 펼쳐진 앵글 위에 점심 식탁이 차려졌다. 가마솥에서 막 꺼낸 돼지고기와 솥에서 금방 푼 밥에서 하얀 김이 올랐다. 온몸에 허기가 모락모락 부풀었다. 저마다 하던 일을 멈추고 달려들었다. 대접에 봉긋하게 퍼 놓은 밥을 망설이지도 않고 한 그릇씩 잡는다. 빙 둘러선 어른들 가랑이 사이로 어린 조카들이 고개를 들이밀곤 조그맣고 여린 입을 시시각각 벌려댄다. 김치로 싼 고기를 넣어주면 날름날름 받아 물고 다리 사이를 빠져나간다. 한 입 물고는 누렁개를 희롱하고, 또 한 입 물고는 아궁이 속에 묻어 둔 고구마를 들쑤시며 까불거린다. 연신 달려와 봄철 제비 새끼마냥 입을 벌려대니 오빠와 동생은 김치에 고기와 밥을 싸기 바빴다. 제 몫의 그릇을 말끔히 비우고 큰아버지 밥까지 얻어먹고서야 조카들은 작은 리어카에 서로를 태워 주며 폴짝거리며 논다.

멀찌감치 떨어져 서서 아이들을 지켜보던 막내 동생은 그제야 고기를 싸서 제 입에 넣으며 낄낄댔다. “애들은 우짜든지

방안에 가둬놓고 키워야 해. 바깥에 풀어놓으니 허기만 커져 밥이 얼마나 축나는지 원, 내 먹을 게 없다니까요." "세상이 모두 지들 건 줄 알고 저리 설레발치며 돌아다니니 쯧쯧……. 그래서야 니들 살림이 언제 늘겠나?" 오빠의 천연덕스런 맞장구에 식구들은 파안대소했다. 어른들의 말뜻을 아는지 모르는지 조카들은 헤헤 웃으며 또 입을 벌리고 뛰어왔다.

〈2011. 11.〉

불 훔치는 새벽

지은이 _ 정기임

초판 발행 _ 2014년 2월 20일

펴낸곳 _ 수필미학사
펴낸이 _ 신중현

등록번호 _ 제25100-2013-000025호
등록일자 _ 2013. 9. 2.

대구광역시 달서구 문화회관11안길 22-1(장동) 출판산업단지 9B 7L
전화 _ (053) 554-3431, 3432 팩시밀리 _ (053) 554-3433
홈페이지 _ http://www.학이사.kr
이메일 _ hes3431@naver.com

ISBN _ 979-11-85616-06-3 03810

※ 수필미학사는 도서출판 학이사의 수필 전문 자매회사입니다.